*i*

为了人与书的相遇

# 写真学生

〔日〕小林纪晴 著

吕灵芝 译

广西师范大学出版社
·桂林·

我拍了很多照片。我从未想过停下拍摄的手，去思考镜头下发生的事。

我已经入戏过深。

——《左岸之恋》寄语

艾德·范·德·艾尔斯肯

# 目 录

# 中
# 央
# 线

早春，诹访沉浸在祭典的气氛中。

以七年一次为频率，只在猴年和虎年举行的"御柱祭"正值高潮。从八岳山砍下的大杉树被视为"御柱"，它将被绵延的人海手把手传递到诹访大社，最后竖立在神社四隅。

成年男性身穿从未改变过式样的传统服饰，脚踩胶底足袋，头缠布条，抱着御柱如兽角般突起的"目处"[1]连成一串。他们周围又有许多"舵手"，负责指引御柱的前进方向。而我则在稍远处观看着这一切。

层层叠叠聚拢着的男人不断发出呼吼，吐出热气，映衬在从八岳山背后升起的朝阳下。父亲也融入了那片光景，但他已经不是平日里的父亲。此时此刻，他就是流淌着红黑色血液的山岳民族一员。

每次要拔出先前的御柱时，必然会引起争吵。我站在一旁，始

---

1　目处：诹访"御柱祭"时，会在巨木的前后两端钻孔插入木柱，全称"目处梃子"。

终不敢相信眼前一切竟是现实。看着看着，我感到内心深处开始不受控制地沸腾。那种沸腾，让我无比困惑。

高唱《遭木歌》，手持巨大"御币"的人群在嘶吼。

"御小屋山上大杉树，降至乡里化真神。"

应和着歌声，许多人齐齐拽动连在御柱上的绳索。我也跟着一齐行动。

迎来新年后，整个盆地的话题都集中在了御柱上。即使在高中，也会不时有同学突然提起。每次说起来，必定要加上一句"血液沸腾"作为总结。

万物枯萎，如同死地——这就是诹访盆地的冬日风景。我暗自思悼，被郁积在这片密闭空间里的热情，都在祭典那一刻瞬间爆发出来了。

诹访大社隔着诹访湖，分为上社和下社。在冬季严寒的日子里，湖中的冰面会出现一条条裂纹，人们称之为神明经过的痕迹，并将它命名为"御神渡"。我读的高中位于一块高地上，可以眺望整片诹访湖。放学时，能够清楚看到那条龟裂。不过它并非一条直线，而是遍布整个湖面，叫人分辨不清哪条才是真正的御神渡。

"你知道吗？御神渡其实是上社男神晚上偷偷摸到下社女神那儿幽会的足迹。"

一天，我的朋友笠木在校园里一边眺望诹访湖，一边对我说："我要从诹访湖溜冰到上诹访去，所以打算翘掉第五节英语课。你要来吗？"

笠木把手插在肩膀绽了线的制服口袋里。

"啊……"

站在诹访湖那道水泥防波堤上，风肯定特别大、特别冷吧。所以我一点都不想到那种地方去。

笠木还真带了一双速滑的冰鞋过来。

"我上初中就没溜过了，不知道能不能行。"

"那你真的要翘掉第五节课？"

"对，要翘掉。我要顺着幽会的痕迹到上诹访走一圈回来。这叫经验，或者体验。看看幽会到底是怎么一回事。"

我们翘掉第五节课，走下结冰的漫长坡道，经过佳世客百货，走向湖岸。

笠木已经决定去上东京蒲田的专科学校了。

"我不想待在这里，一心想离开，仅此而已。"

每当我问他为何选择那所学校，他总是这样不耐烦地回答。

笠木轻易就翻过了防波堤，一屁股坐在冰面上穿起了冰鞋。我坐在防波堤上，脚尖正对着他的背影。

风很大，从守屋山方向呼啸而来。

"那我去啦。"他说完朝我挥挥手，随即转过身去。

身体前倾，双手轮番挥动，渐行渐远。

冰鞋铲动冰面的声音被风声吹得支离破碎。我不禁茫然地想：笠木真的在体验神明和幽会这种事啊。

我长时间注视着他的背影。他没有回头，唯有身上的制服迎风鼓起。

整个盆地如同死去的冻土，最低处是诹访湖参差不齐的冰面，晃得人眼睛生疼。笠木还有两个月就会到东京去，而我，也会前往同样的地方。

刚才笠木嘴里嘀咕的"蒲田"究竟在东京的什么地方，有着什么样的风景，我完全想象不出。想必笠木也一样。不过，他和我都要前往那个地方。那个地方一定会把我们眼下一本正经的行动视作愚蠢的儿戏，即便如此我也只想尽早置身其中。

等诹访湖解冻了，我就要去东京。我感觉，脑中突然冒出的这个想法，仿佛能把眼前这片煞风景的冰面染上色彩。

我整天只想着尽早毕业。因为我并没有"选择"这所高中，仅仅因为初中成绩只能考上这里罢了。其实我想上另一所高中。三年来，这个念头从未离开过我的脑海。

无聊而平淡的时光即将结束。毕业后，只要没什么大事，我恐怕再也不会踏足这个地方。我在毕业相册的寄语栏里，写下了"抹布"这个意义不明的词。

我是"县立新学校"的第四批学生。崭新的教学楼，笔挺的西装制服，让人崩溃的猥琐话题，把室内鞋怼在暖炉上、令教室充满橡胶煳味却屡禁不止的一部分女同学，以及不这么做的另一部分女同学略带轻蔑的目光，还有假装冷漠的教室氛围——这些都让我感到愚蠢至极。另外，在文化祭上一本正经跳民间舞蹈的同学，以及最后那天流着泪故意突显方言一板一眼地说出"哎呀哎呀，真是太感谢大家伙儿了，俺们的团结和感动，俺一辈子不会忘记。这可是俺们的人生财富，俺们最宝贵的人生财富"的学生会长，都让我厌恶不已。

我想尽快离开这里。但与此同时，心里也有不想离开的感情。想必，我对这里是又爱又恨吧。这里的明媚夏天，以及和与之相反、冷到零下十几度的沉闷冬天，走在路上必定会碰到熟人的镇中街道，高中毕业出来工作只能选择精密仪器工厂的未来，外地人听来肯定像吵架的粗俗方言——我全部又爱又恨。

这种感情就像冻疮一样，永远留在我的内心深处。每到冬天就又痛又痒，天气一暖就稍有缓解的感觉。模糊而复杂的痛和痒纠缠在一起，沉淀在心中。那种感觉，又好像冬天干燥国道旁的积雪。伴着铆钉轮胎的阵阵金属摩擦声而飞散的沥青粉尘，最后沉积在路旁阴影中残留的冻雪上。待到雪化，那团黝黑的堆积就会变成冰水，渗进运动鞋里打湿双脚。那种不适、冰冷，以及被体温焐热后的平和、释然混杂在一起，将脚底打湿并渗进袜子里的触感，跟我的心情有点相似。

毕业典礼前几天，我一个人等着岛尾庆子。

每次想到要离开盆地，我脑子里首先冒出的既不是升学的学校，也不是东京这个城市，而是那个女孩。她比我小一岁，在隔壁街道的县立女子高中上学，我们只在每天上学的列车里能见上一面。

只有笠木知道我喜欢那个女孩子，也是他告诉我对方叫岛尾庆子。他说："我们是初中同学，所以知道她叫什么。"

列车一小时只有一趟，她肯定会乘其中一趟。我对她只有这点了解。

她没坐四点的车，五点也没有现身。六点稍过，岛尾庆子终于出现在车站外。

我把写给岛尾庆子的信装在了制服口袋里。人们肯定管它叫"情书"，可我觉得那不太贴切。之所以这样想，是因为我花好几天写成的这封信里，丝毫没有提到"请跟我交往"。但我同时也在想，这种事根本没必要纠结。

我只想告诉她："我喜欢你。我马上要去东京了。"

我很清楚，单方面把信塞给她是一种很任性的举动，而岛尾庆子肯定也会感到为难。尽管如此，我还是想把自己的心意告诉她。

一旦认真思考自己为何要做这种事，我就会迷惑不解。

"想做什么就该做什么，我觉得那样很好。那一点都不丢人，所以只要做就好了。"以前，笠木这样对我说过。

"那个，打扰了。"

岛尾庆子正斜斜穿过空荡荡的车站水泥地面，准备走进检票口。我趁机叫了她一声。她把脸转过来，露出惊讶的表情。我只是个偶尔在列车中出现而且还相隔甚远的人，如今突然出现在她面前，她一定感到很不可思议吧。

"那个……"

"嗯。"岛尾庆子停住了脚步。

"那个……能请你收下这个吗……"我从口袋里掏出那封信，递了过去。

她脸上露出了"你是谁，这到底是啥"的表情。

"麻烦你了。"

听我说完那句话，岛尾庆子轮番看了看我的脸和我手上的信，随后用几乎听不见的声音说了声："好。"下一刻，一只白皙的手便怯生生地接过了我的信。

把信交出去后，我不知该做什么，只好原地转身离开。尽管我知道像这样突然背对人家非常没礼貌，可当时只能这样做。

离开车站，我埋头向前走了起来，仿佛能这样永远走下去。整整三年的高中生活，刚才那件事对我来说意义最为重大，而且，那也是我唯一的积极行动。


御柱在喇叭的节奏中缓缓地前后晃动，在它的重心稍微前倾的瞬间，人们猛地拽动绳索，把它拽了下来。

御柱祭最大的亮点就是"木落"，把站着人的御柱从地势较高的斜面上拽落下来。我爬到比平地高出一截的列车轨道堆土上看着那一幕。

御柱滑落时，重心缓缓向左倾斜，攀附在"目处"上的十几人一下就被甩脱了。当御柱斜斜地停下来，人群瞬间围了上去。御柱被埋在里面看不见了。

过了一会儿，我看见人群中露出一个倒在地上的身体。那人头上流着血，头发被血浸湿贴在脑袋上。

仔细一瞧，那是初中同班女生的爸爸。他被几个男人合力抱起，仰面朝天地抬走了。我看着那人垂在一边摇摇晃晃的胳膊，心想他可能会死掉吧。

第二天，我来到空无一人的车站，准备前往东京。祭典今天还将继续，那条斜坡上还会有几根御柱滑落下来，或许，还会有人为此流血。

祭典在上一个车站附近举行，而东京则在反方向，所以在这个几小时只有一趟普速列车经过的站台上，只有我一个人在等车。

车站没有站员。我念初中时，国铁就进行过裁员，让这里变成了无人站。

松本发车开往新宿的普速列车准时出现，化作荒凉风景的一部分缓缓驶来。只要坐上这趟车，就可以不用换乘，直接在傍晚到达新宿。这趟列车离开这座海拔九百米的无人站后，将一路经过长长的下坡到达东京。

列车出站后，左手边一直能看到八岳山，可是一过小渊泽，山的轮廓就跟谛访截然不同了，甚至让我感觉是另外一座山。不久之后，八岳山也消失在了列车后方。

我要去东京读摄影学校了。

这个决定有点心血来潮。半年前，我突然决定将来要成为摄影师。父亲有时会买《朝日摄影》和《日本摄影》这样的杂志回来，我时常看着上面的外国风景照片和报道照片愣愣地想："拍照真的能成为工作吗？"这就是一切的开端。

班主任问我将来的志愿，我说："我想当摄影师。"

没有得到任何回应。

"那个要怎么才能当上？"老师反倒问起我来。

我包里装着父亲借给我的佳能 AE-1 相机和 50 毫米镜头，可我只给家里的狗拍过几张照片，并没怎么用过。

高中同学要么读大学或专科，要么到本地的精密仪器工厂工作；而我，仅仅因为看了几本摄影杂志，就决定要成为摄影师。在讨论这个梦想能否成真之前，首先应该意识到去摄影学校上学本身就不像学习，反倒像兴趣爱好延长线上的玩乐。这种感觉有点类似内疚。

很快，满眼是山的风景就变成了满是房屋的风景。

我心想，这应该是进入东京了。靠近中心，列车开始走上高架，低处是一片连着另一片的屋顶、楼房和电线，招牌也越来越多。东京怎么会有这么多招牌呢。招牌把风景切割成一块一块，不过特别明亮。这里不存在诹访那种闭塞的沉重感。

又过了一会儿，列车到达新宿站。来到站台，我顿时感觉方才上车的那个无人站显得遥远而令人羞愧，仿佛它根本配不上"车站"这个名称。看着眼前来往交错的无数行人，我明知那是理所当然，却还是不禁想，他们一定都不知道御柱祭吧。

被沸腾的热血催动，行为粗暴而凶悍的男人，以及他们口中吐出的话语。一想到这里无人知晓诹访那癫狂的盛典，我顿时感到自己失去了一切羁绊，陷入深深的丧失感中。

我想，那是我头一次具体感知并意识到自己的根源部分，那是与八岳山的牵连。我的背部牢牢扎根在诹访大地上，向周围不断散发着那里的气息。然而眼前交错的每一个人都干净整洁，仿佛被漂白过的人偶。

我从新宿坐车到了埼玉的蕨市。先坐刚开通的埼京线到赤羽，再换乘京浜东北线越过荒川。

我在川口旁的小镇租了一个房间。若问为什么要租这里，单纯是因为租赁信息杂志上刊登了廉价出租房，我给中介打电话后，发现还空着，便租下了。


第二天早晨，我出发去参加入学典礼。

学校在丸之内线的中野坂上站附近，不过入学典礼却在西新宿的租用小礼堂举办。

我考上的是摄影专业，学校另外还有映像专业和印刷相关的专业。参加入学典礼的约有二百五十人，所有人都略显别扭地低着头不说话。不一会儿，几个学校领导开始上台讲话，我坐在角落的座位上看着一切，仿佛自己是与之毫无关系的人。这种气氛有点像小学生的钢琴演奏会。于是我又开始置身事外地想，进入这所学校，妄想成为摄影师，说不定都是无法挽回的错误。

仪式结束后，我没跟别人说话，而是来到外面，直接走向西口广场。我突然觉得没跟人说上话实在太寂寞，便到小卖部里买了份报纸安慰自己。结果上面竟刊登了让人难以置信的新闻——"歌手冈田有希子跳楼自杀"。

冈田有希子死了？真的吗？

报纸上说，她是从四谷的事务所大楼屋顶跳楼的。

四谷是哪里？

我好像听说过，但完全不知道那是东京的哪块地方。她真的在那个不知位于何处但确实同属我脚下这个东京的地方跳楼，并且死去了吗？

我卷起报纸走了起来，脑中突然挤进谏访的风景，并迅速弥漫开来。我不想看到那片风景，可它就是不受控制地蔓延。在木落仪式中落到地面被御柱砸伤的同学父亲，头上涌出的如同油漆的鲜血，以及那片干枯的土地都在我眼前展开。在东京那个叫四谷的地方，那个跟我一样只有十八岁的女孩，也流出了好似油漆的鲜血吗？

别管谏访了，这里是东京，只要想着东京就好。我越是想甩开那片风景，谏访就越在我脑中挥之不去。

啊——我又想，毕竟我还没有看到东京的风景啊。

不断蔓延的风景，没过一会儿就停顿在岛尾庆子的正脸上。

她会不会给我回复呢？脑中突然冒出的想法让我感到窒息。

唯有喜欢的感情徒留在原地，但那依旧是谏访的事，与东京无关。所以我对那毫无办法。

唯一能确定的是，她现在已经升上高三了。而这个事实，也显得如此遥远。

四谷究竟在哪儿呢？

冈田有希子真的死了吗？

岛尾庆子是否正走在上诹访车站前那条樱花尚未开放的路上，朝学校前进呢？

从御柱上掉下来的初中同学父亲，现在怎么样了？

脑中错落纠结。

这种感情究竟是什么。

我不知道。

我一直走着。

一直走在东京的土地上。

走，是我现在唯一能做的事。

浅
草

* 清晨到来，我手中举着相机，与人摩肩擦踵，周围响
起无数声音。时间的流动性与空气感，都让我记忆深刻。

进入摄影学校后，头一桩令我吃惊的事，便是所有人都有一台相机，并对镜头异常了解，而且整天都在谈论这些。

　　我迟迟无法加入他们的对话，这令我感到非常焦急，仿佛突然成了落后分子。因为我连操作那台向父亲借来的相机都有点吃力，对相机种类和专业术语更是一无所知。

　　我曾经管相机挂绳叫"绳子"，结果被人纠正："那不叫绳子，叫挂绳（strap）。"这么一点小事，就能让我十分气馁。

　　其实我不想谈论相机和镜头，而想谈论摄影，谈论摄影集和摄影艺术家。然而学校并没有那种氛围。

　　诹访的四月还春寒料峭，东京的春天却意外的温暖。一到四月，樱花就准时开放，这也让我有种奇妙的感觉。

　　我的身心像诹访的冬天一样冰冷僵硬，完全追不上季节的脚步。而东京的樱花却早已盛开，又静静凋零。

　　在这个平稳而明朗的季节，我体味到了一种美妙的释放感。走入新宿的混乱，乘上地铁，这不断提醒着我，自己已经结束了无聊的高中生活，这让我安心。

我来到了一个陌生的城市，不认识任何人。想到这里，我又感觉自己在春天的阳光下变得像花瓣一样透明，成了令人尴尬的存在。

入学典礼后几天，我在中野坂上站下车，来到青梅街道的出口，遇到一群身穿丧服、跟我年龄相仿的男人捧着花束走在路上。里面有几个人穿着日常服装，不过所有人都两眼发红，好像刚刚哭过。此时我才知道，冈田有希子的葬礼，刚刚在由这里步行可达的保仙寺举行完毕。

周六傍晚，大讲堂召开了社团说明会。我跟在同一个班上偶然结识的石田约好了一起去。头一次见面，他就告诉我自己住在镰仓，父母在大船开咖啡厅。当时他对我说："我是补缺入学的。"

"补缺？"

"嗯，最后一场笔试补缺进来的。如果落榜，我本来打算在家通过函授课程学习摄影来着。"

他的口吻十分平淡，仿佛空气拂过面颊。那种事他只要不说，就不会有人知道，所以我因此对他有了好感。我总感觉，他有一种教养很好的气质。

"我的爱好是机车和游戏机，不过现在还没有机车。之所以想搞摄影，是因为初中时想向父母要一台单反相机，结果真的被带到了'友都八喜'[1]。可是到了一看，父亲说怎么相机这么贵啊，最后就没买成。不过他们后来还是给我买了尼康玛特（mat），现在我用的则是尼康F3。"

从那以后，我们渐渐有了更多交流，我得知，他以前几乎没搞过摄影，掌握的知识跟我差不多。

看似社团部长和副部长的二年级学生一个个走上讲堂高台，各自介绍了所属社团。由于学校只有一年级和二年级，所以我跟他们只差一岁左右。可那些在台上一边抽烟一边讲话的二年级学生，在我眼中却显得无比成熟，甚至有种比自己大了三四岁的印象。

几乎所有社团都跟摄影有关。广告摄影研究会、人像摄影研究会、柯达克罗姆摄影研究会的说明一个个结束了。

不知轮到第几个社团时，有个略显奇怪的组织走上了台，其中一个男人手上还抓着一瓶一升装的日本酒。

"接下来，我们先来干一杯。"

男人说完，用一升瓶将杯子灌满液体，转眼就喝干了。接下来，他旁边的男人做了同样的事。所有人眼看着面色红润起来。看来，这里会发生的事跟高中很不一样。

不一会儿，第一个喝酒的男人开始讲话了。他的语气跟刚才说"干一杯"时很不一样，听起来格外认真。

"我们部最大的亮点是历史悠久，有不少前辈。此外，社团还

---

1　友都八喜：日本著名电器商店"ヨドバシ"（yodobashi）的音译。

培养出了好几位土门拳的徒孙。还有，在'洛克希德事件'的法庭上偷拍田中角荣的摄影师，也是本社团的前辈。"

连我自己都不知道为什么，突然就被他的话吸引了。

我知道土门拳这个名字。那是一位很有名的摄影家，说出了"绝不摆拍，绝对抓拍"的名言。我还知道他现在生病了，没有再从事摄影工作。

我读高中时，土门拳写了《写真批评》这本书。当时我在附近书店看到时，虽然很贵，但总感觉必须了解一点摄影的事情，就咬牙买了下来。那本书的内容很晦涩。不过，我不太明白土门拳的"徒孙"意味着什么。

洛克希德事件中偷拍田中角荣这件事我听说过，只是并不清楚什么人怎么拍到的照片。但是，我单纯地被"法庭""偷拍"和"田中角荣"这几个字眼强烈吸引了，感觉这东西听起来很拼。

我的心情迅速膨胀，内心涌出强烈的愿望。没错，就该是新闻摄影，我将来也要拍摄那种充满刺激的瞬间。

"我想加入新闻摄影部。"

我对旁边的石田小声说。

"啊，你这就定下了？新闻摄影部刚才不是表演干杯了嘛，瞧这样子，聚会上肯定要被灌酒的。"

他为难地说。


石田对我说："你还是花点时间，冷静想想。"于是我又想了三天，最后还是决定加入新闻摄影部。一周后，我趁放学时来到了学校某个角落，在一座破破烂烂的活动板房的二楼办新闻摄影部的入部手续。

我还邀请石田一起来，可他却说："我不打算进社团。"

社团活动室格外狭小，我一级一级走上陡峭的楼梯，每一步都发出吱吱嘎嘎的响声。来到楼梯最上层，走廊两侧排列着几个活动室大门。这里光线很暗，抬脚走过去，竟发出了比楼梯还大的声音。

我很快就找到了"新闻摄影部"的牌子。

我想抬手敲那扇脏兮兮的三合板房门，却迟迟不敢敲下去。这扇门后面说不定有好多那天在说明会上一口干了日本酒的二年级学生，搞不好一进房间就要被他们塞一杯日本酒，不管不顾地灌下去。想到这里，我不禁伫立在门前犹豫起来。

满满一杯日本酒，喝下去会怎么样呢？我此前只喝过啤酒啊。

最后，我咬咬牙敲了门。

"来啦。"

传来的竟是女性的声音。

屋里有一男一女隔桌对坐，全都抬头看着突然出现的我。两人脸上表情紧张，让人不禁联想他们刚才还牵着手。一男一女独处在小房间里，这在高中是绝不可能碰到的事。

房间约有十平方米，正中央是一张旧桌子，两侧摆着长椅，地上扔满杂物，让人无处下脚。我仔细一瞧，尽是胶片、35毫米胶卷筒和相纸。墙壁和天花板到处都是涂鸦，还贴满了洗好的照片，而且多数颜色发黄，仿佛十分陈旧。

唯独窗户上方的架子摆着一排整整齐齐的杂志。后来我才知道，那些都是已经停刊的摄影杂志《每日摄影》。

"你有事吗？"坐在右侧的女人用跟刚才一样的音量问道。

"那个，我想加入社团……"我的声音细若蚊呐，仿佛不是自己的。

"你是一年级的？要来入部吗？"坐在左侧的男人说。我记得这人当时也在说明会的讲台上。

"那你在这里写下姓名、专业和联系方式吧。"

我在桌面摊开的笔记本上填写了自己的名字和专业。

"把电话号码也写上吧。"女前辈说。

"我没有电话……"

"啊，没电话？那传呼机呢？"

"也没有……"

两人有点为难。

"那也没办法，你就只写住址吧。"

我点点头，写下了好不容易才记住的出租屋地址。

"今天你是第二个要入部的新生呢。"

确实，我名字上方还有个女孩子的名字。

随后两位前辈给我简单介绍了社团活动内容。在此期间，我一直很紧张。

"那你好好加油，我们一起拍好照片吧。"男前辈拍着我的肩说。

"请多关照。"

"就这样吧，不久之后会联系你。"

"可人家没电话啊。"

"也对，那怎么办？算了，反正会想办法联系你。"

我微微颔首，随后离开了房间。

出乎意料，我感到心情还不错。

外面吹起了东京的风，正面轻抚我的面颊。我在饱含湿气的风中穿行着。读高中时从未感受过的风，如今却让我感到十分舒适。我心想，原来东京就是这个样子啊。


冈田有希子去世后，新闻开始报道日本各地都出现了追随她自杀的年轻人，仅仅两个星期，就有四十人为她自杀了。另外，电视上还反复播放苏联发电站核泄漏事故的骇人消息，我听着人们口中的"切尔诺贝利"这个词，觉得实在太难记了。据说，核辐射可能因为风向改变而一路飘到日本来。

某天，我走在上学路上，天突然开始下雨。从地铁出来时，外面飘起雨点。

我没带伞，只好跑进雨中。雨水打在头上、脸上，令我突然想起了"切尔诺贝利"这个词。现在天上下的雨万一含有核辐射呢？想必冒雨冲刺不会是个好主意吧。我如此想着，却依旧向前奔跑。


进入五月，气温迅速上升，开始让人流汗。这种感觉不像春天，倒更像初夏。这里的季节无疑比诹访要早一个月到来。

我来到了浅草三社祭。

前辈告诉我，拍摄这场祭典是新闻摄影部每年都要举行的活动之一。我觉得这跟"法庭"还有"偷拍"都相去甚远，不过对前辈那句"抓拍是一切的基本"深表赞同，所以决定先拍拍看。

眼前人头攒动，男男女女都穿着祭典法被抬着神轿。伴随着人们的吆喝声，神轿一点点向前推进。不过老实说，这跟诹访的御柱祭相比，实在太悠闲了，让我感觉有点缺乏魄力。但转念又想，这件事可绝不能对任何人说。

加入社团的新生共有六人，男女各半。除我以外，其他人都从高中时期就专注拍摄，于是我在这里也感到了自己的落后。

这天前辈吩咐我们，只用50毫米标准镜头，尽量靠近人物进行拍摄。

我把相机对准抬神轿的人，按下快门。人们的动作很大，令我很难对焦，但拍照这个动作本身还是让我感到快乐。不过，我只是在拍，心里并没有想表达的东西，也没有想要表达的对象。一想到这个行为的延长线上究竟有什么未来，我就觉得自己像咔嗒咔嗒转动的胶卷一样，没着没落。

部长渡濑前辈告诉我们，第二天周日早上六点有本社神轿的"出宫"活动。要拍那个活动，必须在头天晚上到浅草寺里占位置，否则拍不到好照片。

"我打算今晚在这儿过夜，一年级的最好也留下来，有人愿意跟我一起吗？"前辈站在远离人群、被露天小摊电灯泡照亮的地方说道。我们六个人默不作声。

这时，一个新生说："我被浇了一身啤酒，黏糊糊的，所以要回去。"

前辈气哼哼地说："你那是什么理由啊。"

"那个……我留下来。"我开口道。

我们占领了浅草寺建筑物外围的一块木地板空间。最后只有渡濑前辈、一位叫松本的前辈，以及我这三个人留了下来。

"一年级的只有你留下来，所以你得记住了，明年好教给别人。"

"是……"

深夜，我们坐在木地板上占位置，三个看似黑帮的男人走了过来。

"几位小哥，相机不错啊。要是闲着没事，给我们拍几张呗。"一个大个子男人说。

我们面面相觑，一言不发地点点头。前辈默默站了起来，朝三个人按下快门，闪光灯瞬间把周围照亮了。

"那边的小哥也来拍一张吧。"男人指着我说。

我慌忙站起来举起相机，可是周围实在太黑，完全找不到焦点。

在黑漆漆的取景窗另一头，男人脱掉了披在身上的法被，露出胸前花纹繁复的图案。我还以为他身上穿着花衬衫，结果仔细一看竟是刺青。那朵大牡丹花看起来好似橡胶。

"我不太懂怎么用闪光灯……"我对旁边的前辈小声说了一句。结果得到了尖锐的回复："管这么多干啥，赶紧拍啊。"

我也不知道对上焦没有，胡乱按了几下快门。三个男人在镜头另一端挺起胸膛盯着我。虽然这跟"法庭""偷拍"和"田中角荣"完全扯不上关系，但毫无疑问也很惊险刺激。

"拍完了。"

我放下相机，男人递过来一张名片，名字上面还印着"组长"两个字。他再三强调，一定要把照片送过去。

第二天早晨六点整，本社的神轿出来了。那座神轿比昨天的更大、更豪华。

眼前又是一片人头攒动，所有人都沐浴在终于升起的朝阳中。无数男人裸露的肉体汇集成一头巨大的软体动物，缓缓向前挪动。层层叠叠的吆喝声伴随人体蒸腾出的热气一同上升，而我则着迷地对这一切按下了快门。

突然，我看见有个男人气势凶猛地往神轿上爬。那个浑身上下只有一块兜裆布的男人动作极大，仿佛要把抬神轿的人撞到一边，一溜烟爬了上去。

他爬到顶上，便开始顺着神轿的动作大幅度摇晃身体。

是那个人。是昨晚叫我们拍照的那个刺青男。他胸前的牡丹花在日光下看来，还是有种橡胶质感。

"前辈，那是昨天的刺青男。"

下一个瞬间，男人就被好几个警察从神轿上扯了下来，融入人群中看不见了。

"这里禁止带刺青的人光膀子爬上神轿。"前辈见怪不怪地说。

神轿悠悠地晃动着，花了好长时间才从我面前经过。我还在找那个男人，但直到最后都没找到。

等神轿出到市区，我们便离开了。由于在同一个地方坐了七八个小时，腰和屁股都痛得发麻。

前辈提出去吃早饭，我们就躲开人群往隅田川方向走，来到一家面朝大路的快餐店。上到二楼，点了简单的咖啡配汉堡，结果邻座的外国人突然跑过来搭话了。那人留着胡子，脸有点红，目光锐利。

我知道他在说英语，却不知道讲的是什么。因为听不懂，所以无法回答，结果跟外国人坐在一起的日本男人说："他问你们是不是搞摄影的？"

看来那人是翻译。外国人似乎看到我们桌上摆着好几台相机，才过来问了那句话。

"对，我们在摄影学校学摄影。"我紧张地回答。

过了好久我才知道，当时眼前的那位外国人就是世界知名的摄影艺术家艾德·范·德·艾尔斯肯[1]。

---

1 艾德·范·德·艾尔斯肯（Ed van der Elsken,1925—1990）：活跃于 20 世纪中期的荷兰摄影师。1950 年从荷兰移居巴黎后拍摄的《左岸之恋》（*Love on the Left Bank*）是他最初且最具影响力的作品集。

歌舞伎町

列车越过荒川后，车轮在轨道上行进的声音变了，发出与铁桥的干燥摩擦声。我站在清晨拥挤的列车中，越过无数人头倾听着那个声音，渐渐感觉这已经是日常生活的一部分。

然而窗外是一片虽晴朗却不通透的蓝天，唯独那种蓝，我一直都喜欢不起来。眼前风景之所以缺乏边界，显得模糊不清，我觉得都是那片天空所致。与诹访相比，这里的空气明显更浑浊。不过我还没向生活在东京的人问过这个问题，同时也在心里暗想，说不定谁都没意识到这个问题。

五月底，一年级新生被分配到五个研究室。刚入学时我们就听过介绍，今后将按照自己希望拍摄的领域被分配到不同研究室中，而且以研究室为单位的课程也会变多。

研究室也分受欢迎和不受欢迎，人气最高的就是学习开设照相馆的"营业写真研究室"，以及学习广告摄影的"商业写真研究室"。

有不少人因为家里经营照相馆，才专门到这个学校来学习，以便日后继承家业，所以那些人都是冲着"营业写真研究室"来的。而"商业写真研究室"则不仅教授广告摄影的技巧，还涉及时尚和商品摄影，因此人气很高。

我选了映像交流研究室，据说如字面意思，是研究视觉表达的地方。不过我选择这里的理由仅仅是可以自由拍摄任何照片。

学校课程从极为无聊的部分开始，丝毫没有涉及拍摄作品这种生产性活动，每天都像在埋头搞化学实验。一位老师在最开始的课上就说："照片从头到尾都是化学反应。"

照片有一套制作原理：涂在氯乙烯胶片表面的卤化银感光后，放进显影液里，感光部分就会发生化学反应，从而变黑。再放到定影液里，就能留下变黑部分，把其他部分溶出来，最后留下反转的负片。讲课围绕这些内容一直持续了很长时间。

我们还在暗房学习了黑白胶片的显影和冲洗方法。头一次走进暗房，我感到这里魅力十足。所有墙壁都被涂黑，唯留一盏微弱的红灯，室内设有照片放大机和巨大的流水台，显影液、停显液、定影液的不锈钢盘顺次摆放。整个房间都浸透着醋酸的气味，随着排气扇的声音涌入鼻腔，留下刺痒的余韵。

在这里学到的胶片显影工作是暗房作业中最为紧张的程序。身在一片黑暗中，要仅凭摸索将胶片从胶片筒里拉出来，卷在卷片器上，然后再摸索着把胶片放到显影罐里。接着以二十度出头的角度往罐中注入显影液，轻轻搅拌。最后，经过一段规定时间后排出显影液。如果这个程序失败，底片就救不回来了。

当我得知照片要在黑暗中制作时，暗自兴奋了起来。我屏着呼吸反复冲洗，看着握住镊子的脏手和镊子前端的相纸上渐渐浮现出的画面，甚至感到自己在进行某种宗教仪式。

无论在多么明媚的阳光下拍摄的照片，都要经过这场黑暗仪式的洗礼，否则就无法呈现在任何人面前。在最后经过定影液之前，哪怕只在一个程序中照到了多余光线，那些明媚阳光就会变为再也无法挽回的虚幻之光。换言之，光会杀死光。

我有时会觉得，自己一头撞入了社会的岔路。这条岔路就是摄影之路，由于道路狭窄，一旦走进来就无法回头，也很难回头。具体来说，我那些考上大学的朋友，会在几年之后毕业，理所当然地成为白领，而这对我来说，难度则会随着时间流逝越来越大。因此，我心中经常涌现这种叫人不知如何言说的不安。

临近夏季，东京的气温迅速上升。我们不得不用冰块冷却显影液，耗费一番工夫才能让它变成适宜使用的二十度左右。在我看来，这种气温的急剧上升简直难以置信。

我在高中地理课上学过，诹访属于寒带湿润气候。因此，我在诹访从未见过蟑螂，那个地方也长不出竹子。别说空调，有的人家甚至连风扇都没有。相对的，东京则属于温带湿润气候，所以我只能劝自己认命。

东京这个地方，即使季节改变了，风景也不会变化。日历上的数字和不断上升的气温提醒我夏日将近，城里的风景却一成不变。

这里没有八岳山融雪后的山麓浓绿，没有农田黑泥里的点点绿色逐渐长成整片绿毯，也没有八岳山另一头蒸腾着朵朵云霞的夏天。这里的夏天只存在于新宿站站台的空调广告牌上，只存在于那个泳装小女孩的微笑中，显得无比淡漠。

我跟同一个研究室的石田走在新宿街头，带着热度的空气仿佛紧贴在皮肤上。

"好热，好热……"

只有我在出汗，每吸一口气，嗓子深处都能感到一阵燥热。

几天前，我们一起在新宿街头拍了照片。那是进入研究室后，老师给的第一个摄影课题，名为"我眼中的新宿"，十天后上课时必须提交一张黑白照片。

我觉得，这个主题实在太宽泛了。

"我眼中的新宿，我眼中的新宿……"

我在脑中默默重复这几个字，同时又想，我现在人就站在新宿街头，目之所及全是"我眼中的新宿"。究竟该怎么拍？我脑子一片混乱，越是按下快门，就越不能理解。

眼前这片风景近乎无穷，从中截取一点作为课题提交上去，其实只意味着找一片风景拍摄下来。可是在此之前，我必须从近乎无穷的风景中选定一点。这让我意识到，原来摄影就是在按下快门前做出选择。

我用汗湿的手握着前几天刚买的相机。这台相机是佳能 F-1，当时在佳能单反系列中，属于最高端的专业相机。学校老师给我写了介绍信，拿到"友都八喜"就能享受一定折扣。因为这是我一直都想要的相机，当我触碰到那沉甸甸的黑色机身时，心里格外高兴。

高三春假，我在诹访老家附近的精密仪器下包工厂打了二十天零工。工厂当时好像在加工自动售货机马达部分的金属箱板，我的工作是用锉刀把切割好的板材边缘打磨光滑。当时拿到了十万日元工钱，再加上来到东京后打的几次零工，我终于攒到了买相机的钱。

来到东京，最开始打的零工有两种。

一种是为房地产公司发传单。一整天都抱着地图，走遍每个东京市中心的住宅区，往每个邮箱里塞"收购不动产"的传单。

另一种是在神宫球场养乐多队比赛的观众席上兜售可乐。因为白天要上课，所以我找的都是只能晚上做的零工。

这份工作基本工资只有一千日元，其余要靠兜售可乐的收入提成。反正卖得越多工资越高，让人很有动力，但事实上，东西并没有这么好卖。要是不在三十分钟内卖完，可乐就会跑气，不得不全部倒掉。哪怕身在球场另一头，我也要每隔三十分钟回位于地下的办公室更换新可乐，所以一直都在跑来跑去。

如果天气好、气温高，可乐就卖得异常快。如果球队迟迟没有得分，比赛非常无聊，可乐也会卖得特别好。可一旦中途下雨，天气很冷，或是比赛进入白热化状态，可乐就卖不出去了。

因为是养乐多队的主场，所以这里全是养乐多的比赛。但是养乐多这个球队实力特别差劲，好几次比赛中都输到十几分。在这种日子里，养乐多那边的观众席基本到第七局就没什么人了。

我时常坐在落满垃圾、人去席空的座位上，偷偷摸摸喝着跑了气、跟甜茶一样的可乐，心中盘算今天能拿到多少工钱。

就这样，我总算攒够了钱。


有句话已经快变成石田的口头禅了。

"有什么有意思的东西吗？"

那句话真的频繁出现，每次听到他这样说，我都忍不住担心这人平时过的日子究竟有多无聊。

"如果我不冷硬，我就活不到今天。如果我连温文儒雅都做不到，我就不配活在这个世上。"

我说出了突然从记忆里冒出来的一句话，好像是硬汉派作家雷蒙德·钱德勒[1]写的句子。

"有什么有意思的东西吗？"这句话的真正意思，恐怕是想遇上一些冷硬的事件吧。

石田一直管自己叫"boku"[2]。直到这段时间我才发现，原来东京会有人管自己叫"boku"。

诹访人虽然也会在长辈面前说"boku"，但同龄人之间绝对不会用到这个词，所以一开始听到同龄的男人这样自称，我总感觉有

---

1　雷蒙德·钱德勒（Raymond Chandler，1888—1959）：美国推理小说家，是少有以类型小说进入经典文学殿堂的作者。代表作《漫长的告别》。

2　boku：意为"我"，是男性用语。

点不大气，但同时，也感觉到了偏僻地方见不到的都市优雅。

在新宿走了好久，目光所及都是醉生梦死的年轻人，根本看不到什么刺激场面。

"不如去歌舞伎町看看吧。"我突然有了主意，这样说道。

"有什么有意思的东西吗？"

我们穿过靖国大道，走向歌舞伎町。因为是白天，这里没什么人，只有几个醉汉睡在大楼的阴影里。

"有什么有意思的东西吗……"石田又重复了一遍。

"好热，好热。"我则一直重复那两个字。

我们穿过了驹剧场门前的广场，拐进一条小路后，遇到了奇妙的场景。一个四十多岁的男人，正用力拽着跟他年龄差不多、看起来像白领职员的男人。

他们在干什么呢？

我们在旁边看了一会儿热闹，最后发现好像是在拉皮条。白领被拉扯的方向似乎是一家风俗店，拉扯白领的男人身材微胖，穿着一件松松垮垮的T恤，面容让人不由得联想到岩石。白领哭丧着脸，反复哀求："求你放开我，我要回去。"

每次听到那句话，微胖男人都会哑着声音说："玩玩嘛，就进来玩玩嘛。"

我突然觉得，必须拍下这个场面。于是，静悄悄地举起相机朝向两人。

我站的地方跟他们应该有二十米距离，我自己也知道突然举起相机肯定显得很不自然，但身体还是不由自主地动了起来。

两人出现在取景窗内，我必须在他们发现之前按下快门。然而此时的快门竟格外沉重，仿佛举着枪对人扣动扳机。

当我终于按下快门时，才惊觉声音如此之大。

可能快门声音真的很大，因为两人也猛地把脸转了过来。

微胖男人面色迅速涨红。明明只有一瞬间，我却清楚看到一片红潮顺着他的脖子爬到脸上。

"喂！"

这显然是在对我喊。

下一个瞬间，他就气势汹汹地跑了过来。与此同时，我也反射性地朝反方向逃去。

拐过街角，我埋头向前冲，双腿自己动了起来，仿佛变成了不再属于我的独立动物。相机一下又一下狠狠撞击我的胸口。

越过靖国大道，我总算停了下来。此时的我已经气喘吁吁，汗流浃背，仿佛就要被吸足汗液黏在身上的 T 恤衫溺死了。

紧接着我发现，石田不见了。


那天晚上，我用出租屋附近的公共电话联系了石田。他的声音没精打采，跟白天那个反复说"有什么有意思的东西吗"的石田判若两人。

"我被那人抓住了。"

"被抓住了吗……"

"对，他把我抓住，还敲诈了一万日元……"

"啊，他管你要钱了？"

"对啊……"

石田说，当时他被带到附近的咖啡厅，不仅是相机里的胶卷，连已经拍完的胶卷都被扯出来毁掉了。

"没显影的胶卷又黑又长，像海带一样。店里客人都看着这边，真是太丢人了……"

我意识到，自己的行动导致了极为严重的后果。

"老虎面具的照片也报废了。"

他是说头戴老虎面具，在歌舞伎町一带送报纸的人。那天他偶然碰到那个人，便请对方让自己拍了一张照片。

皮条客凶神恶煞地让石田无论如何都要交出我拍的胶卷，还要扣押石田的相机。还是他灵机一动，谎称"这是学校的相机"，才没有被拿走。

结果皮条客说："那你押一万日元在我这儿，用胶卷来换。"

"太对不起了。"我对他说。

"但说真的，我们太硬汉了。"石田的声音依旧没精打采。


第二天是周六，上午有实习课，地点在摄影棚。

我迟到了一些，走进摄影棚时，里面已经站着两个来自某模特事务所的女性。两个人都二十几岁，个子高挑，眉眼深邃，穿着紧身连体衣。

我们这是头一次在摄影棚上课，所以同学们脸上都挂着兴奋的笑容。

我在人群里寻找石田，发现他呆站在摄影棚角落，一盏照明灯正对着他脚下的地面。

我叫了他一声。

"哦，你来啦。"连他的声音都有点呆滞。

老师用大支架上的照明给模特打光，用实际操作向我们讲解了基本的照明知识。

"面部照明要打出倒三角形的鼻影，这是基本中的基本，一定要牢记。所谓打光，就是把好几个照明重叠在一起，并在此基础上加入头顶照明，一层层叠加起来，就是打光的基本……"

讲解完毕后，老师实际操作了一遍，学生们围着模特，纷纷按下快门。不知为何，我没什么按快门的心情，所以只是机械地对焦、拍摄，并没有怎么用心。因为我满脑子都在想着昨天那件事。

"请朝这边看……"

每个学生都在大声说着那句话。毕竟有十几个镜头对着模特，要是不说话，对方就迟迟不会往自己这边看。

我不禁想，她们跟昨天那个人完全相反啊。不过像这样拍摄女性的面部，以及包裹在紧身连体衣中的身体，确实能让人感到心情放松，感觉并不差。如此想来，我意识到昨天自己拍的"光景"一点都不美，也不该拍下来。

"请朝这边看。"蹲在我前面的石田大声说道。模特看向石田，他一口气按了好几下快门。我看着他的身影，心中庆幸他的相机并没有被皮条客拿走。

结果，那天我一次都没对模特说出"请朝这边看"。

中午上完课，我跟石田在学校食堂里吃套餐，顺便商量那一万日元该怎么拿回来。我们谁也没提拍了一上午的人生首次模特摄影。

我再也不想到歌舞伎町那个地方去了，实在太害怕了。于是我对石田说，那一万日元我会赔给他，以后别去那里了吧。

石田想了想，用认真得吓人的表情对我说："不，我还是得让那家伙还给我。"

这一切都是因我而起，被他这么一说，我只能听从。

我们中间的桌子上就摆着那筒柯达 Tri-X 胶卷。收纳在黄色圆筒里的胶卷中，就有那个男人的身影。若不把这筒胶卷拿给他，石田就要不回一万日元。我再次反思，当时怎么就忍不住非拍下了那个"光景"呢。接着我又琢磨起毫无意义的事情：如果把上午拍的那十几张模特的胶卷错拿给那个人，想必一万日元也能拿回来吧。

"走吧，我要让那家伙还钱。"

我一言不发地点点头。

前一年开始实施的"改正风俗营业法"，也就是"新风营法"禁止了拉皮条这种行为，所以那人才会拼了命都要把我拍摄的胶卷拿到手。

我们来到那个拐角，前一天那种讨厌的感觉又在脑中复苏，让我很不舒服。

当天跟前一天一样热，光是站着，汗水也会顺着脸、脖子和后背往下淌，十分恶心。

我们拐过街角，走向店门前。我感觉自己应该对石田说点什么，却想不到该说什么好。向店门靠近时，我突然觉得仅仅交出胶卷，并不能让事情简单解决。虽然这种想法毫无依据，可我还是回想起高中时在《新宿歌舞伎町警察岗亭二十四小时》纪录片上看到的血腥场面，并觉得我们两人可能正毫无防备地走向那个结局。

"你在这里等着，我一个人进去。"石田在店门口说。

"啊，还是我去吧。"我觉得这样才对。

"不，还是算了。谁也不能肯定那人会把你怎么样。"

我格外严肃地想，这里是东京的歌舞伎町，就算被杀了也毫不奇怪。石田拿着我拍的胶卷走向地下店铺，不一会儿就消失在了门后。

我站在路边等了很久。要是石田最后浑身是血地走上楼梯，那无疑就是我的错。原本只被我当作兴趣延长的摄影，现在突然变得无比吓人。原来有时只需一点差错，就能闹出人命啊。

汗水顺着脸颊和身体滑落，那种感觉实在太糟糕了。过了一会儿，店门打开，石田走了出来。他迈着轻快的步伐走上了楼梯。

"那家伙不在。"石田的声音很明快。

我们按照约定时间来了这里，那人却不在。

于是，这件事最后只留下了被人抢走一万日元的糟糕余韵。不过老实说，我还真松了口气。我赔了一万日元给石田，决定今后再也不到这里来。

两人一言不发地走到了新宿站。我感到，石田真有勇气，而且特别为朋友着想。随后，我还为他花了好几天拍下的新宿照片全都白费的事情道了歉。

"这下已经超出有意思的范畴了。不过反过来想，是我们救了那个白领大叔。"他目视前方，这样说道。

几天后，我们上了作品品评课。由于当时的恐惧还残留在心中，我怕得不敢拿胶卷去显影，也就没把那张照片交上去。最后提交的照片，是我在伊势丹橱窗外拍到的花枝招展的塑料假人。

之所以没交出那张照片，还有另一个理由——石田好不容易拍到的照片因为我全都毁掉了。后来，石田到处去找那个戴老虎面具的大叔，但是没找到，所以只提交了站前人群的照片充数。

我们的作品被当着四十个学生的面轮流品评。没过一会儿便轮到了我。在场的三位老师中，有一个人把照片贴在了黑板上，然后用开玩笑的口吻说："每年一定会有人提交橱窗的照片，看来今年也不例外啊。"

我本打算拍摄谁都拍不到的东西，最后却交上了随便什么人都能拍到的东西。我一想到自己其实有一张会让所有人大吃一惊、让任何人都害怕得不敢拍的照片，心里就感到阵阵刺痛。

傍晚，我像平常一样坐埼京线到赤羽，再转乘京浜东北线回到住处。离开赤羽没多久，窗外就出现了荒川。我眺望着那个方向，默默回想今天的课。应该提交那张照片的心情，和否定这一想法的心情，一直在我心中左右摇摆。

河面上泛着橙色波纹，连岸边的植被也染上了这种颜色。远处与视线平齐的地方，赫然悬挂着一轮橙红色的物体。我不禁想，那是啥啊？是月亮吗？不过怎么这么大。

原来那是夕阳。

过了好一会儿，我才意识到这个事实，因为这是我头一次看到夕阳。以前在谏访，太阳在化为夕阳前，就先隐入盆地周围的大山里了，只会留下一片染红的天空。

我在东京看见了夕阳。在铁轨干燥的摩擦声中，我暗自决定永远铭记这一刻。

回到出租屋，一个白色信封塞在了门下的投信口里。

我把信封翻过来，上面只用细小的字迹署了名。

"是谁？"

再翻回正面，同样的字迹写下了出租屋的地址和我的姓名。我把脸凑近邮票上的邮戳一看——"谏访中央"。

"谏访中央？"

这是岛尾庆子写给我的。

简直是个奇迹。

我是三月份突然收到那封信的诹访高中的岛尾。

回信有点晚了，请你原谅。只是说实话，我的确不知道该写什么好。

那封信让我大吃一惊，因为以前从未有人给我写过信。


我对你的了解，只是常在列车上看到的那个身影。除此以外，一无所知。很抱歉。

不过，还是要谢谢你。

在东京的学校生活过得如何？

我一点都想象不出来。

请加油。

再见。


雪白的信纸上写着几行细小漂亮的字。

我把信反复读了好几遍。

可是，哪儿都找不到寄信人的地址。

赤
坂

* 　山手线的某个车站站台。拍这张照片时，我头脑
　　里有个清晰的认知：相机里正装着黑白胶卷。

七月末，我终于回到了谀访。

进入暑假后，我并没有马上回谀访老家，而是打了十天在学校告示板上找到的零工——给儿童钢琴发布会拍摄舞台照片。几个学生跟随专业摄影师前往东京都内各个市民会馆和公民馆，从早到晚对发布会进行拍摄。拿到工钱的当天，我便乘普速列车回了谀访。

第二天，我出现在久违的上谀访车站前。今天出门是为了见几个高中朋友。这里跟东京不像一个国家。哪怕是夏天，周围也一定会有风。我不禁想，这就是谀访的夏天。

车站大楼、候车室、站在检票口的站员，以及他旁边墙上发黄的上谀访温泉海报，所有一切都跟我毕业时一样，似乎只有我一个人悄然走过了那个地方。那种没有变化的稳定，充满了宽厚和温柔。

谀访很多学校要到八月才放暑假，所以高中生全都一脸自然地身穿制服，走在车站前的路上。

我那个在当地精密仪器公司上班的朋友，就坐在车站候车室里。

刚放学的高中生从我面前经过，渐渐聚在一起等候一小时只有一班的列车。这里也是三月时我把信交给岛尾庆子的地方。

此时此刻，要是岛尾庆子像那天一样出现在我面前该怎么办？我想到这里，思绪凌乱了。

只要岛尾庆子没请假，就绝对有可能出现在这里。此处没有东京那样汹涌的人潮，想找到某个人极为简单。

我突然想尽快离开这里，于是走出了车站。

公交车站的另一头耸立着年代久远的旧百货大楼，电子显示屏上的文字在大楼一角急急忙忙地从下往上跑，播报着今日新闻、今日最高气温、明日天气预报。

要是碰到岛尾庆子，我该怎么办？我一边思考，一边凝视着那些文字。

"东京足立区又出现一名疑似追随冈田有希子自杀的少女。"不知看了多久，这行文字闪过眼前。


暑假结束，我再次返回东京生活，有人追随冈田有希子自杀的现象依旧没有平息。

每次看到那种消息，我都感觉自己得知了不该知道的事，也会重新意识到自己的东京生活就是以她的死为开端。关键在于，每次想到这些，岛尾庆子就会同时出现在我的脑海里。

我怀着沉重的心情，开始了第二学期。

之所以心情沉重，是因为我拍不好照片。我满脑子都在想，自己究竟有没有摄影才华，究竟有没有那种天赋。或许，那就是我欠缺的关键因素。

在此之前，我从不相信才华与天赋，只相信坐在书桌前埋头努力"学习"。

一个朋友对我说，跟女孩子玩、听流行音乐、看看杂志电视，反倒能拍出好照片。他拍的照片全是女孩子的人像，只不过看到那些嬉戏打闹的女孩子，我感到自己绝对拍不出那么好的东西。同时开始觉得，看来确实有一些仅凭努力无法得到的东西，而那些东西的存在都是理所当然的。摄影正是其中之一。我越明白这点，心情就越沉重。刚入学时尝过的自卑，又换上另一种形式，重新出现在我面前。

九月末，研究室的实践课程定为三浦半岛摄影之旅。让我们花一整天在三浦半岛自由漫步，然后跟其他课程一样，一周后提交自己拍摄的照片进行讨论。我在海边一个劲地按快门，脑中却丝毫没有要表现的东西。

拍了五筒胶卷，回去马上显影，晒成相版，从中挑选出自认为拍得好的照片放大。

一周后，三位老师当着所有学生的面进行了照片品评。那是我们第一次学习制作"照片组"。所谓"照片组"，就是给几张照片安上序号和标题，组成一段简短的照片故事。这是展示照片的重要基础。杂志的平面摄影和一般摄影集，基本都是从照片组延伸而来的。

通过对照片的筛选和排序，刻意营造出某种印象，这就是照片组的作用。

可是，我并不太懂"照片组"的意思，只挑选了几张喜欢的照片，做成五张一组，安上"海之色"这个即兴想出来的标题交了上去。

课程持续了两个小时，老师们仔细分析了每个学生的照片，分别提出意见，再由拍摄照片的人做出回答。凡是老师评价很高的作品，交流时间都特别长。那些照片确实完成度很高，都是我无法拍出来的东西，都拥有别人发现不了的独特视角。

大家去的都是三浦半岛，最后拍出来的照片却各不相同。同理，每个人拍出来的感觉也截然不同。

整节课我都在想，等轮到我的作品时，肯定只能得到一句评价吧。结果三位老师还都没有报出我的名字，课程就结束了。我们看着某人被贴在黑板上的黑白照片故事，听着老师们滔滔不绝的评语，在不知不觉中到了下课时间。

我不禁想，自己在三浦半岛走了一整天，留下的胶片、相纸和"海之色"这个陈腐标题，在那一瞬都失去了意义。不，或许它们从一开始就没有意义，无聊得可怕。

我看着受到好评的同学那高兴的表情，听他们害羞地讲述自己的拍摄意图和想法，又觉得，要是有人命令我介绍自己的照片，我肯定也没法像他们那样明确表达心中所想。

"照片讲究的既不是坚持，也不是努力，而是天赋啊。"

一位老师在漫长谈话中漫不经心的一句话，让我陷入了深深的绝望。摄影的世界确实与背单词、记公式和做练习的世界相去甚远。我曾经无数次思考,要是没有那种天赋,倒不如干脆放弃算了。那种想法一直在我脑中挥之不去。天赋,这东西实在太模糊,太难捉摸,让人极度不安,像个骗子。

又过了几周,同样是照片品评课,老师们公布了此前所有课题中受到好评的十佳学生。那些名字按照成绩顺序,统一被写在黑板上,呈现在所有人面前。我盯着班主任指间的白色粉笔,自暴自弃地想:摄影学校真的好残酷啊。

那上面会出现我的名字吗?尽管心里知道不可能,我还是紧张地凝视着老师写下的那一排汉字。

当然,黑板上并没有我的名字。

那堂课之后,我不上学的日子渐渐变多了。

早上起来,若已经赶不上第一堂课,我越来越容易冒出"那就算了"的想法。反正照片拍得越多越容易出洋相,越让我意识到自己毫无天赋,渐渐把自己逼上了绝路。于是,我决定尽量去想摄影以外的事情。

高二那年,我有个同学辍学了。当时我完全无法理解他辍学的心情,不过现在想来,可能跟我的心情差不多吧。我感觉,退学并不是什么重大决定,而是一个人敏感地察觉自己渐渐失去了立足之处,于是决定亲手落下幕布,安静地离开。他决定离开时,心中一定充满了自卑、不安与自暴自弃交织的复杂心情。直到此时,我才多少理解了那个同学。

岛尾庆子如今在做什么呢?

她是否吐着白色气息,走在红叶始现的诹访湖畔呢?我呆然凝视着出租屋外的风景,在那片纠结的电线、铁塔和轨道光景中,我试图用这句话赶走那些放弃自己的想法。

如果可以,我想给岛尾庆子写回信。可是,我并不知道该寄到什么地方。能不能想办法查到她的住址呢?要是问高中同学笠木,他可能会知道。不过就算我想方设法寄出了回信,恐怕也只会招来厌恶吧。

"还是睡觉好了。"

我不想做任何思考,决定不再想任何东西,认定睡觉是最有效的办法,于是开始整天睡觉。


六本木附近开了一家名为"摩诃罗阇"的迪斯科舞厅,电视上不厌其烦地报道:如果有人穿着不够时髦,说不定会被拒绝进入。屏幕上有许多跟自己年龄相仿的年轻人在跳舞,但我感觉那些人和事仿佛都离自己很远,看起来不像现实,身边也没有一个朋友向我提供那种信息。

声称不想花钱买衣服,直接穿高中校服来上课的人;自己拼接旧轮胎做成凉鞋穿在脚上的人;到处管别人要用剩的相纸和过期胶卷的人——这些才是我身边的人。

隔壁学习广告摄影的研究室倒是有人会谈论女性杂志《non-no》出了男性专版《MEN'S NON-NO》这种话题,而我周围则不存在那种人，连女孩子也都是穿着破牛仔裤，盘腿坐在水泥地上，一边啃苹果一边冷静研究男性杂志裸体写真的风格，我还一度认真怀疑过时常出现在媒体上的"女大学生"是否真的存在。传说别的专业有个女孩子在做成人电影演员，在我周围的人群中，唯有她的穿着跟《JJ》杂志上展示的"大学时尚"有点接近。

我整天窝在出租屋看电视不去上学，感觉橙醋酱油广告里明石家秋刀鱼唱的"幸福是啥，是啥来着"都比"摩诃罗阇"更深入人心。

入学之后，有一件事让我感到意外，那就是平时用的胶卷、相纸，以及药品全都得自己花钱买。我本来以为这些都包含在学费里了。

家里每个月给我汇七万日元生活费，住处的房租是五万日元，我跟兄长各承担一半。所以首先就得去掉这两万五千日元房租，再加上水电费大约五千日元，最后就只剩下四万日元。这么点钱很难应付伙食费和摄影材料费，所以我一没钱，就吃"伊藤洋华堂"八十八日元的熟食咖喱拌生鸡蛋。可哪怕连续吃上十天，钱还是不够花。

至于胶卷，我买的都是"长卷"。那种胶卷跟电影胶卷一样长，足有一百英尺[1]，装在一个大罐子里。然后，我会去"友都八喜"的

---

1　1英尺相当于 0.3 米。

废胶卷堆里仔细捡拾虽然用过但还算完好的胶卷筒，把大罐胶卷裁下来卷进去。每筒胶卷三十六张，一罐长卷可以裁成十七筒。这样算下来每筒只要一百九十日元左右，比那种一盒一盒的原装胶卷便宜很多。只不过胶卷筒毕竟是二手，有时候会漏光，所以我用的时候总是提心吊胆。尽管有风险，我还是选择了廉价方式。

后来我决定再次出去打零工。其实我真正想打的零工是给职业摄影师当助手，可是名额已经被其他几个同学占掉了。这类工作特别抢手，每次学校公告板一贴上摄影师前辈请人的告示，就会瞬间被抢走。而且由于一年级每天都有课，必须到二年级课业不多的时候才能做。

有天放学，我对石田说自己打算做点长期的零工。

"啊，真的？我也想做。一起做吧，正好我也想攒钱买机车。"石田用一如既往的悠闲语气说。

我早就知道他喜欢机车，也知道他想要一辆。

石田平时住在自己家，所以不用担心生活费和摄影材料费，这让他的话听起来毫无紧张感。不过我强迫自己不要想太多，以免对比之下把自己看作艰苦求学的学生。于是试着进一步催化石田想打零工的心意："你一定能买到，而且自己存钱买的机车，开起来一定特别爽。"

结果他真的说："对啊，一定很爽。"

事情就这么定了下来，我们两个开始找工作。

两人决定先通过在车站买的《日刊零工新闻》找几天。由于学校周一到周五排满了课，所以白天打工几乎不可能。周六下午没有课，这天的白天能打工。至于周日，其实我已经有工作了，只不过当时那还只是时有时无的活儿。

那份工作就是拍摄小学生参加少年棒球赛的照片。我们班上有个叫杉山的学生，从高中起就专门给那个班级拍摄体育照片。这份工作就是他介绍给我的，只是并不稳定。另外，一个月前的早晨，我跟其他几个学生一起去拍摄了琦玉大宫市民球场举行的几场少年棒球比赛，结果一个头衔为"摄影部长"的中年男人在公司的池袋办公室里告诉我说，就我一个人的作品不算太好。

"你是怎么理解拍照姿势的？"当时，摄影部长这样对我说。

"拍照姿势？"我重复着那几个字，发现自己从未考虑过这个问题。

"你的照片全都拍糊了。一定要端好了再拍，这是基本常识啊。要夹紧胳肢窝，让按快门的瞬间静止下来。我问你，专业和业余最大的不同在哪里？"

我不知道。

"能不能稳住相机，以及最关键的，能不能对好焦。这两点决定了区别，而你根本就没达到要求。我知道你还是学生，可将来是想当职业摄影师的吧？如果你有这个想法，现在的水平就太糟糕了。其实我也不想说这些，还不都是为你好，你可别误会了。我并不是自己说着爽，而是为了你好。为了你好啊……"

仔细观察我那些被胡乱摆放在桌上的照片，确实没什么值得夸奖之处。其实，那种零工最近都不来找我了，自己的自信也急剧下降，所以多少想找些跟摄影无关的工作。

最后，我决定去看看从夜间零工栏里找到的大楼清扫工作。虽然也有餐厅和咖啡厅的服务生，不过我没有自信做好。

根据《日刊零工新闻》的信息，提供这份零工的公司叫"百合商会"，位于日比谷线茅场町站附近的杂居大楼。我给公司打了电话，按照那边的指示，在工作日的白天拿着简历过去了。

我和石田两人在茅场町站下车，顺着楼梯来到地面，发现那竟是我从未见过的东京风景。周围到处都是穿西装的人，大楼里全是公司，丝毫感觉不到生活气息。还有人骑着自行车在人行道上蜿蜒前行，看起来非常忙碌。这里唯独不见学生面貌的人，只感觉周围所有人的年龄都很大。

我们顺着电话中问到的路线前进。我还对石田说，那家清扫公司的社长肯定是女性，应该只有女性才会给公司起个带花的名字。

我在电话中听说那是一栋杂居楼，到达后确认了，那座陈旧的大楼里果然入驻了好几家公司，很有杂居的感觉。我们乘坐窄得吓人、移动十分迟缓的电梯来到四楼，穿过昏暗的走廊，打开了尽头那扇门。整个房间有点发黄，光线跟外面一样昏暗。

里面有几个人，其中一位五十岁左右的女性站起来说："你们是来面试的吧，请坐在这边的沙发上。"

是不是香烟把荧光灯都熏黄了，才让房间黄得如此均匀呢？我边想边坐在沙发上，石田也在我旁边坐了下来。

刚才那位女性给了我一张名片。我不禁想，"百合商会"的名字莫非就是这人所起？因为她纤细的五官让人联想到百合花，而且妆化得极浓，白得很不自然。我把名片摆在桌上仔细看了一眼，上面果真写着"董事长"。女社长当场给我们拍了拍立得照片，贴在简历上。

　　"你们是学什么的？"

　　"学摄影的。"我回答。

　　"啊，是吗？那将来要当摄影师吗……"女社长的声音跟话语相反，似乎对那种事一点兴趣都没有。

　　"说起来，你们想不想当正式员工？"随后，她突然目不转睛地看着我们说。

　　"那个，我们还是学生……"我担心她是不是误会了，慌忙回答道。

　　"这我当然知道，可现在实在是人手不足啊。如今到处都缺人，而我们这里都是靠人力的工作。这个时代，根本不是没有活干，而是没人来干活，搞得公司要倒闭。所以欢迎你们随时退学到这儿来上班。"

　　我不是很明白女社长的话。虽然有活干，但是找不到人，所以公司要倒闭，这种事情无论怎么想都缺乏现实感，让我摸不着头脑。原来世界上还有这么奇怪的事啊。

　　真正开始打工后，我渐渐明白了女社长那句"想不想当正式员工"的背景。因为这边有好几个人一开始都是来打零工的，但不知何时就从大学退学，当起了正式员工。莫非想退学的人都比较倾向于来干临时清洁工？那么，那位刚见面就对我说出这种话的女社长，是不是看透了我的情况，才会那样说呢？一想到这里，我就感觉自己被什么东西拉扯着，非常害怕。但反过来，我又觉得就算现在退学，从此以清扫工为职业也没什么。

每周四天，从傍晚开始，我都要按照公司的分配，到东京都内各处写字楼里打扫。要打工的日子，我都会把工作服装进袋子里提去学校。

有一次，朋友看见我装着工作服的袋子，问了一句："你打工打得怎么样？"

我根本不觉得对方在说笑，扯住他的衣服骂了一声"少胡说八道"，结果一下就把人家的袖子给扯坏了。

彼时我才第一次发现自己心中的烦躁。打零工虽然能攒点钱，可是完全没有了摄影的时间。为此，我一直感到很焦急，同时也深知自己其实已经不重视摄影了。所以，我才会感到烦躁。

"对不起。"

道完歉，我突然想起了打工时认识的人。那是一个穿着工作服直接坐在地铁地板上的男人。

"我从大学退学，到百合商会工作了。现在招聘市场是求职方市场，所以公司给我的薪水很不错……"那人坐在地上，对我说了那些话。他跟我一样，声音里潜藏着难以掩饰的焦躁。

傍晚，我在公司指派的大楼地下室小房间里换上工作服，推着带轮子的大垃圾布袋，把每张办公桌旁边的纸篓都清空。工作中最让我印象深刻的是，人有时候对着眼前的他人，也会视而不见。尽管是理所当然，但我收集垃圾时，办公室里工作的人都不会表现出任何反应。有好几个纸篓里必定会出现还装着咖啡的纸杯，我经常没有注意到就把纸篓一倒，咖啡会流到手上。每次我忍不住哇地叫一声，扔纸杯的人也只是抬头看一眼，并没有更多反应。

我每周一和周三都会去赤坂一座七层的写字楼干活，与我同行的通常是固定的两个人。一个是寺田先生，他看上去七十几岁，脸色很差，据说"二战"中当过俘虏，在西伯利亚待了一段时间。另一个是玉木阿姨，五十几岁。工作结束后，我们经常三个人结伴去车站，寺田先生一定会在路上抱怨公司，或者讲述自己过去的经历。

"那帮人这么压榨一个老年人，而且给这么点儿钱，肯定要遭报应的。我在西伯利亚不知受过多少苦，那段时间的补偿问题还没给解决呢。日本政府全是一帮胆小鬼，就应该对苏联提出强硬要求。苏联应该给我发工钱，政府应该替我讨工钱。那样一来，我就不用干这种活儿了。我那时候已经把一辈子的活儿都干完了。真是的，欺人太甚了。你明白这种感受吗？"

我只是一言不发地听着他说话。

"这活儿本来就是瞒着老婆来干的，再这么下去，我可要重新考虑了。"

他说完这些，又会说起西伯利亚的事，最后一定会大笑着用一句"我现在还活着，简直是个奇迹"来结尾。

寺田先生每次都会用同样的顺序说同样的话。过了一段时间，我渐渐发现，他本人早已忘了之前已经讲过几乎一样的话，每次都好像头一回提起。其实连大笑那里都一模一样。于是我每次都只是毫无感情地回复一句："哦，这样啊。"

这份工作我一直不咸不淡地干着，直到有一天，情况改变了。我开始无比期待打零工的日子。那是因为，公司里竟来了一个女孩子。

当我待在大楼地下散发着霉味的休息室时，那女孩儿敲门进来了。当时我还以为是在这里工作的女员工走错地方了。她皮肤白皙，头发很长。

"我姓村上，今天开始请多多关照。"

女孩子说着，有点害羞地低下了头。

那天回家路上，我并没有像往常那样听寺田先生说话，而是跟村上一起走到了车站。只不过，寺田先生和玉木阿姨还是像平时一样，走在我前面不远处。

"我跟朋友说起这份工作，被她们笑话了。你也觉得这份工作很奇怪吗？"

"我确实是头一次见到做这份零工的女孩子。"我回答道。

我从一问一答中得知，村上在市谷某女子短期大学上二年级，比我大一岁。仅仅是她什么都愿意对我说这点，就让我感到心情雀跃。我满脑子都在反复思索一句话："女孩子真好啊。"

"你怎么想到要做清扫工呢？"

"我夏天已经拿到了银行的工作内定 [1]，所以现在很闲，就想出来打打工。这么说很不好意思，其实我从来没打过零工。但我感觉这也算是一种社会实践，应该体验一次。"

平时跟寺田先生和玉木阿姨走起来感觉无比漫长的路，现在却显得太短了。我真想跟村上再往前多走两站路。

后来，我就算不去上学，也一天都没把零工落下。每次我都想：今天村上会来吗？而每次真正见到她，我都会松一口气。

"你在看《烈驹》吗？"

"烈驹？"

"NHK 的晨间剧，我一直在看……"

我从来没看过那种节目，所以只能回答没看过。我想，要是我说看过，一定会不可避免地谈起里面的登场人物，还有男女演员吧。

"你有喜欢的偶像吗？"

为什么村上总问我问题呢？而且我感觉，那些全是摄影学校女生们绝对问不出来的"女大学生"问题。

"摄影学校都教些什么啊？好玩儿吗？"

"也没什么……而且我可能会退学。"

"哎，为什么要退学啊？"

"没为什么，就是感觉不适合自己。"

晚上的赤坂地铁站总是挤满了下班的男女白领。我站在人群中，

---

1　内定：日本公司招聘时，"内定"通知即相当于"录取"。

满心希望列车不要开过来。这样一来，我就能继续跟村上聊天了。其实走过来的路上，我好几次都想邀请她到咖啡店坐坐，只是那几家店看起来都不像学生去的地方，再说还有寺田先生和玉木阿姨，所以就能没说出口。

我跟村上是反方向，所以列车一进站，我们的话题和共同度过的时间就会戛然而止。

迎来第一个发薪日，我结束工作后径直去了茅场町的公司。因为我急着用钱。

那个退学当正式员工的人还在公司加班，我从他手上接过了装着薪水的信封。

"交通费只能按三分之二计算，不能全给你报销。这是规矩，过后可别跟我抱怨。"男人尖声强调。我虽然很不情愿，还是应了一声。

走到外面，我马上打开信封。里面装着两万日元整。我不禁想：干了整整一个月才这么点儿钱？不过仔细一算，时薪七百日元，每天只干两个小时，确实只有这么一点儿。于是，我毫无意义地骂了一声"浑蛋"。

为了节省车费，我步行走向东京站，途中拿出信封里的钞票，在香烟店买了烟和一次性打火机。我买的是好彩（LUCKY STRIKE）。因为很久以前我就下决心，等拿到工钱了就买这种烟来抽。

其实，我还没抽过烟。

我停下脚步，战战兢兢地点上火，又战战兢兢地缓缓吸了一口。一股黏稠的感觉涌入嗓子眼儿，我会不会猛咳起来呢。

　　结果平淡得让我有点措手不及，因为什么都没发生。我只感觉一股淡淡的味道黏在舌头跟嗓子眼儿。

　　搞什么啊，也就这么回事嘛。

　　我觉得大人如此痴迷的香烟不可能就这么点味道，于是连续吸了两根，突然头晕眼花。

　　我才十八岁，还未成年，不过这是自己赚钱买的烟，我完全有资格吸得头晕眼花。我很想冲随便什么人大声喊，你没资格责备我。

　　赶往八重洲检票口的白领从我面前快速走过。我看着那些人，又叼起一根烟点燃。穿着工作服，凝视着人群，我心中突然涌出自己都说不清道不明的情绪。

　　那种情绪有点像焦虑，有点像自卑，但跟两者又都有点不同。我甚至不在乎那究竟叫什么，只想把它扔到一边去。

　　沉浸在那种情绪中，我默默想着，或许该早点放弃摄影。

咖啡店

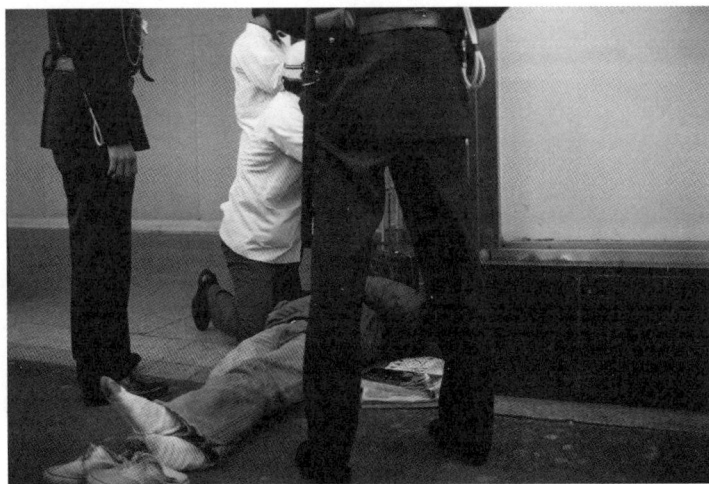

*　我还以为自己对这张照片记忆犹新。可是十几年后的今
天重新审视底片，我才终于想起当时现场还有个警察。

不知何时，秋天走了。不知何时，冬天来了。

它的到来真的悄无声息。因为东京的冬天，即使十二月也不会结冰，气温降到与诹访的秋天差不多时就不再往下降。

唯有住在诹访的高中同学偶尔打来电话，告诉我稻子都收完了、山上叶子红了、八岳山下初雪了……我才能切实感觉到季节的流转。

此时我意识到，东京的季节并不体现在风景上，反倒最能体现在人们的服装上。人们脚上的长靴、手上的手套、脖子上的围巾和身上的羽绒服，都能传递出冬天。只是在我眼中，那些服装都夸张得略带滑稽。在诹访，只要不下雪，人们绝对不会穿靴子。而且要是十二月就穿厚衣服，在真正寒冷的二月恐怕得冻死，所以大家都忍着，跨年之前都穿得很少。可是在东京，人们十二月就穿起了在列车里能捂出一身汗的服装，让我感觉特别滑稽。诹访的高中生都觉得穿厚衣服很没面子，上学从来不戴手套、系围巾。而东京明明没下雪，人们却就戴上了毛线或皮革手套，让我感觉这些孩子实在太虚弱了。

诹访冬天的最高温是东京的最低温，在那里，早上的气温能降到零下十度。而且诹访下雪的时候暖和，东京下雪却似乎更冷，于是我意识到，东京人嘴里的"冷"跟诹访的冷并不一样。

"真是个儿戏的冬天。"

我彻底蔑视起东京的冬天，所以没在出租屋里置办任何取暖设备。跨年以后也仍旧没去置办。


就算在逃课的日子，我也一定会去打工。

除了清空办公室废纸篓，我又多了一项名叫"抛光"的工作。这项工作固定在周六下午进行，我会在打烊后的银行或办公楼大厅地板上洒一种特殊的白色液体，然后用一种叫"抛光机"的机器进行清洗。那种机器末端装着圆形刷子，一开动就嗡嗡地转，专门用来给地板打磨抛光。

我经常去的地点是六本木的"第一劝业银行"。平时都被分配到不同大楼的石田，这次也跟我一起工作。

"学校画廊不是正在搞一个美国摄影师的摄影展吗。今天下午，那位摄影师会到日本来，在画廊里搞访谈。不过我这边安排了零工，所以就优先到这里来了。你说我们到底在干什么呢？明明在学摄影，怎么跑到这种地方来给地板抛光了？"石田在休息室换工作服的时候说。

我也知道学校画廊正在搞一位美国著名女摄影师的摄影展。不过，我一点都不清楚那人拍的都是什么照片，所以没去看展，连访谈这件事都不知道。我感觉，自己已经迅速对摄影这件事失去兴趣。

位于地下的休息室很小，可我们还是得换衣服，于是前来作业的五六个男人便挤在我们周围，一言不发地穿着工作服。打零工的学生和正式员工各占一半。

"那位摄影师叫什么名字？"我问石田。

"叫什么来着。她名字太长，很难记住。叫什么来着？"

"那人拍什么样的照片啊？"

"好像是一个女人躺在箱子里的照片，不过我也不清楚。"石田看起来很后悔。

"你们在聊摄影吗？"此前一起工作过的某个学生听到我们交谈，便在旁边问了一句。

"对。"我回答。

"你们也是摄影社团的人啊。"

我们含糊地点点头。

"其实我也加入了大学的摄影社团……"

"这样啊……"

"不如下次我们互换作品欣赏吧。"

我一开始还想，我们可不是社团，而是为了成为摄影师在认真学习。后来又转念一想，我可能已经不再认真学习了。我现在搞的摄影，一定跟这个人差不多。由于这些话很难解释清楚，我干脆什么也不说了。

"今天真不该来。"石田生气地说。

工作开始了。

"抛光时谈哲学不顶用。"

一个男员工把这句话重复了好几次，每次说完都会重新强调，让我们别用脏兮兮的鞋子踩地板上的白色液体。因为要是踩了上去，那块就会变黑，脏东西就再也去不掉了。只是，就算要注意这些，用"哲学"这个词也未免太夸张了。


工作结束，我坐上回家的列车，眼前站着的白领正在看体育报纸，正对我那面有一行巨大的标题，说北野武带领北野武军团打进了某摄影周刊的编辑部。

换乘时，我慌忙到小卖部买了同样的报纸，因为太想知道那件事的真相了。根据报道，这家摄影周刊的摄影师强行拍摄，导致两边发生矛盾，北野武非常生气，就带领手下的人去报仇了。

我不禁想：这种时候兼子二郎[1]在什么地方，心里又怎么想呢？但报纸上一句都没有提及。

我开始思考，自己以后准备选择的职业，到底是什么呢？那是我对摄影师这份职业产生的第一个疑问。我想起几个月前，在新宿歌舞伎町拍到的那张"拉皮条照"。有时候区区一张照片，就能无

---

1 兼子二郎，日本摄影艺人，与北野武组成了搭档 ，北野武艺名为"彼得武"，兼十二郎艺名为"彼得清"。

限煽动人们的负面感情，最终引发那样的事情。我不禁感慨，摄影真是种可怕的东西。

别人不希望被记录下来的姿态和状况，是否绝对不能拍摄呢？我盯着报纸上圈出来的北野武。他系着领结，一副若无其事的表情，而我则陷入了深思，迟迟都想不明白。

这几天，我一直在琢磨那些别人不希望被拍到的照片，因为这是研究室出的课题。

两周后，我就要提交这个课题的作品。要是还像以前那样完全得不到评价，那我也该就此放弃摄影了。我一点都不夸张地认为，这次的照片赌上了自己的大部分人生，所以时刻把相机装在包里。

晚上做完零工，我会在新宿站附近走来走去。因为我想拍摄车站周围那一大群流浪汉的身影。至于为什么要拍他们，单纯只是因为没有任何学生拍过那种照片。虽然我不知道这样的作品会收获好评还是差评，但它至少会备受瞩目。

可是，就算走到流浪汉集团躺成一堆的柱子阴影下，我也迟迟无法举起相机。一旦有人用"你在那边干什么"的目光盯着我，我就会逃也似的离开。所以，我做的全部事情只剩下在那一带胡乱走动。

某天，我像平时一样走在新宿站周围，发现一个流浪汉睡在地下通道上，仿佛走着走着就地倒下了一样。那人真的就躺在人来人往的通道中央，甚至让人忍不住想：他要是再往边上躺一点，不就能好好睡觉了吗。

我一看到他，就决定要拍下来。反正他正在睡觉，一定不会发现我。我反倒更担心周围的人。因为这里是通道正中，来来往往的行人可能会狐疑地看着我，甚至过来警告我。于是，我躲在稍远处观察了一会儿，同时努力思索该从哪个方向拍摄最好，准备尽量靠近那个人。

过了一会儿，我快步走到那人面前，迅速蹲下来，小心翼翼地对上了焦。他睡得口水都流出来了。我只按了一下快门就站了起来。

旁边有几个行人面无表情地看着我，我躲开目光，一路小跑逃向检票口方向。我一边反省自己到底在干什么，一边还是更关心那张照片究竟有没有拍好。

几天后，我来到了涩谷。

今天是周六，但我没有安排零工，于是在周围走来走去，想看看有没有适合拍照的对象。突然，我听到不知从哪儿传来了救护车的声音，转向了发出声音的方向。

"东急 HANDS"门口停着一辆救护车，旁边开始聚集起围观人群，我也走过去朝人群中心张望，发现一个貌似流浪汉的人枕着脏兮兮的手提袋躺在地上。从救护车上下来的两个救援员蹲在他旁边，一人给他把脉，另一个人凑到他耳边问："你叫什么？出生日期知道吗？"

然而流浪汉只是瞪着眼，对那个声音毫无反应。

两名警官正在远处看着这一切。从我这个角度正好能看到那人躺在两名警官中间。

我悄悄取出相机，与此同时心里也明白："这种时候不能拍照。"然而手却有条不紊地动着，脑子冷静地确认了相机的快门速度和光圈，小心翼翼地把相机竖起来，夹紧胳肢窝，静静地把镜头对准前方。

最终，我屏息静气地按下了快门。

我知道旁边有几个人正在看着自己，恐怕在想，这家伙到底在干什么呢。但我并不理睬，而是连续按了好几下快门。

流浪汉被抬上担架，送上了救护车。我转过相机准备再拍一张，却被救护员发现了。

"你咔嚓咔嚓地拍什么呢！"他冲我大吼一声，要不是双手还抬着担架，恐怕还要冲过来揍我一顿。

我慌忙挤开人群逃走了，身体止不住地颤抖。

之后，我漫无目的地走进一座百货大楼，逛了好久都没能缓过神来。心中的罪恶感和自我厌恶不断膨胀，与身体的颤抖产生了共鸣。唯有一个想法毫不动摇，那就是我一定要把这些照片作为课题作业交上去。

每次想起倒在地上的流浪汉，我都会假惺惺地想，这次请你多担待一下。这时，北野武的脸就会闪过脑海，于是我花了好长时间严肃地想，如果刚才我拍的人是北野武，将来肯定会被揍一顿吧。


打零工成了我的大部分日常，其余很多事情都变得不再重要。

上学的日子，我会从中野坂上坐地铁，在国会议事堂前换乘千代田线到赤坂下车。

"再见，打工要加油哦。"同年级女生放学后在新宿地铁站台下车的同时对我说。

那个女生在站台上挥着手，我站在列车里，也含糊地朝她挥了挥手。我并不喜欢这种时刻，因为很不喜欢在那个瞬间假装开朗的自己。

不过，在新宿跟同学道别后，我的心情就会焕然一新，会感到莫名的轻松，仿佛逃离了什么东西。能在这种事情上得到充实感，连我自己都觉得很不可思议。


离寒假只剩几天的课上，老师进行了作业品评。由于我以前从未得到过评价，这次甚至认真考虑过干脆翘课算了。

我提交了两组作品。

一开始我打算提交一组十张的照片，不过在洗好照片提交的前一刻，突然觉得分成两组比较好，于是将它们五五分开了。其中一组包含了流浪汉照片，内容十分激烈。另一组则是比较温和的抓拍。我给两组作品分别起名叫《我眼中的东京》和《东京的蓝天》。

上课后，学生们会从最角落的座位开始，一张一张欣赏装在信封里的照片，并在自己认为好的作品上画上一条"正"字直线。这跟投票差不多，"正"字最多的作品，自然评价就最高。在此之前，我通常只能得到二四个古伴所有学生看完照片后，装有作品的信封会全被收上去，由老师计算得票数。

结果被写在了黑板上。

"三十一票 小林"

让我震惊的是，自己的名字突然出现在黑板上。

那是当天的最高得票数。我感到难以置信。

在此之前，无论是课程、学业，还是摄影本身，我都有种勉强跟随、堪堪没被扔下的感觉。得到这次的评价，全靠新宿和涩谷的流浪汉大叔们。

获得第一名的是那组"激烈摄影"，不过老师的评价却与投票结果略有不同。

"这是一组形式感极强的照片，我反倒觉得另外一组拍得更好。"一位老师说。

让我吃惊的是，另外一组照片竟也排到了第五名。所有老师都说，那是本次所有学生作品中最优秀的一组。他们的话在我听来简直就像幻听。

十二月二十日，第二学期结束，学校开始放假。从第二天开始，我连续安排了好几天的零工。因为年底很忙，公司让我尽量多接一些活儿。

我没有跟石田排在一起，因为排班表跟平时不一样了。可我担心的事，只有以前总能在赤坂办公楼里见到的村上会不会被派到别的地方去。

寒假开始后几天，我照常来到赤坂办公楼，不知村上会不会来。

我走上地铁出口的楼梯，像平时一样沿着赤坂大道朝乃木坂方向走。道路两侧的店铺都挂上了圣诞装饰，整条街显得格外热闹。连鞋店前面空出的一小块地方，都有个人在卖烤地瓜。

道路笼罩在夜幕中，行人穿行其上。所有人看起来都像跟我差了好多岁的"大人"。虽然以前我走过这里时也有过好多次同样的想法，不过看到充满圣诞气氛的街道，这种感觉更强烈了。

来到今天工作的办公楼，以前常见的寺田先生和玉木阿姨都没来，不过村上倒是来了。

"晚上好。"我走进地下休息室，她朝我点了点头。

"今天寺田先生他们呢？"我问了一句。

"刚才公司的人来电话了，说别的地方突然缺人，就把他们临时安排过去了。今天只有我跟小林君两个人。"不知为何，她说话的语气特别有力。莫非平时寺田先生他们都在，她会感到有点紧张吗？而且，这也是她头一回管我叫小林君。我一度以为她可能不知道我叫什么，所以感到眼前突然出现了好几个急速发展。

"那我们两个加油吧。"我也像她一样，用比平时更响亮的声音回答。她点点头，走进了休息室的卫生间。

由于更换工作服的地方只有这里，从我来的那一天起，男性就直接在房间里换衣服，女性则到洗手间换。平时都是玉木阿姨换好衣服后，她再走进洗手间。

周围却弥漫着奇怪的氛围。

不一会儿，她也换好工作服从洗手间走了出来，把那天穿过来的衣服叠得整整齐齐拿在手上，放在了自己带来的包旁。我以前从未注意过这些细节。

我负责到办公室里清空废纸篓，她则给每层楼拖地。这些都是我们平时做的事情，只不过平时我每次都跟寺田先生两个人倒垃圾，她则跟玉木阿姨两个人拖地。所以单纯计算一下，就知道两人工作量都翻倍了。

整栋楼一共七层，必须两个小时内完成作业。我从顶楼开始，用比平时快了很多的速度干起活儿来。

做完好几层后，突然有个声音把我叫住了。"我说你啊——"我转过头，发现一个四十岁左右的男人坐在椅子上抬头看着我。

我的"对不起"差点脱口而出，因为错以为自己忘了清空他的废纸篓。

结果他却说了句让我感到意外的话："我经常看见你啊，是学生来打工吗？"

我点点头。

那人办公桌旁的废纸篓是空的。

"对，我是学生……"

"在学什么呢？"

"学摄影。"

"摄影？"

"对。"

"哦……"

他到底想说什么啊。

我感到坐立不安。这里应该是四楼，以前曾听百合商会的正式员工说过，这层楼里的公司是外商投资的电视公司。因为气氛独特，我一到这层楼就能认出来。

"加油干。"

"啊？"我不知该如何回应那句话，便想等他说下去。

"加油干。"

"哦……"

这位怎么突然对我说那种话呢？

"我上学时也一直在打工，因为家里不给生活费。就因为这个，我经常看到你，便想起了过去的自己，仅此而已。抱歉，打扰你工作了。"那人说完，不好意思地笑了笑。

我一度感觉这个办公室容不下半点感情，现在却突然感到这里的人都充满温情。

我花了两个小时出头，终于清理完所有楼层的垃圾。回到休息室时，村上已经坐在里面了。我想把刚才被人说"加油干"的事告诉她，不过转念一想，突然说起那种话，会不会让对方感觉自己突然装起熟人来了，于是就没开口。

今天是个好日子。学校放假了，圣诞节也快到了，陌生人也对我说了那种话。最重要的是，我终于跟村上独处了。

她把开始工作前的程序反过来做了一遍，拿起叠好的衣服走进洗手间。我确认她走进去后，才解开工作服裤腰带，匆忙换好了衣服。"要是换着换着她开门走出来，那一定相当丢人吧。"我带着那个想法，全速穿上衣服，把工作服胡乱塞进了包里。做完这些事情后过了好久她都没出来，我便一直站在房间里等着。

　　又过了一会儿，她抱着叠好的工作服走了出来。

　　走到赤坂车站前，我一直想请她到咖啡厅坐坐。如果今天不成功，今后恐怕不会再有第二次机会。下次打零工，说不定排班又会变，我可能再也来不了这里，而她也有可能被派到别的地方去。

　　我们一起从办公楼后门走了出来。

　　上班路上见到的烤地瓜已经不见了，路边行人也比刚才少了很多，许多招牌的照明也都关上了。

　　她的高跟鞋敲在地面上噔噔作响，我们两人都低着头向前走着。

　　"那个，你怎么不穿袜子啊？"她突然问了一句。

　　"袜子？"我不是很懂她的意思。

　　"我刚才在休息室里想，小林君从来不穿袜子呢。天气都这么冷了，为什么还不穿袜子呢？不好意思，突然说了这么奇怪的话……"

　　我入夏前就开始光脚穿鞋了。理由很简单，只要不穿袜子，我就不用买袜子，也不用洗袜子。因为出租屋里没有洗衣机，我想尽量减少手洗衣物的量。

　　"因为我不怕冷……"我边说边想，这样回答人家肯定以为我生气了，所以得讲点俏皮话。然而我却一点儿都想不出来。

我丝毫没有因为这件事影响心情，反倒是能跟她走在一起就让自己感到今天特别高兴。我多希望自己的想法能够不开口也传达到她心里，同时也觉得再这么沉默下去会愈发被误解。想到这里，我反而更开不了口了。

　　"那个，不如喝杯咖啡再走吧？"我狠狠心说了出来。

　　"啊，好呀。"村上猛地绷直身体，发出略显惊讶的声音。

　　我们走进了面朝赤坂大道、平时都会经过的咖啡店。我边开门边想，来到东京后，还是第二次进这种地方啊。

　　我拿起菜单一看，经典拼配一杯六百日元。

　　"刚才真对不起，问了个奇怪的问题。"

　　"没什么，你真的不需要在意。"

　　听我说完，她露出了安心的表情，然后说："我点个蛋糕吧。"

　　其实我不怎么想吃，但还是觉得应该陪她一起吃。这里的蛋糕一个四百日元。

　　"我到这个月底就不做了。"点完咖啡和蛋糕后，村上突然说。

　　"啊？"

　　"我不是四月开始要上班嘛，所以想在此之前玩个痛快。再加上现在也攒够了毕业旅行的钱……"

　　"你要去毕业旅行吗？"

　　"嗯，我都计划好久了，特别期待。"

　　"到哪里去？"

　　"去欧洲。"

"欧洲什么地方？"

"我打算以巴黎和伦敦为中心，到处转转。"

过了一会儿，话题转移到电影。我提到了《壮志凌云》（*Top Gun*）这部电影，不过基本都是从石田那儿现学现卖的东西。

石田曾无数次得意地对我说："请女孩子当然要去看电影。"还大力推荐我去看马上就要公映的《壮志凌云》。他告诉我，男主人公是个叫汤姆·克鲁斯的新人演员，今后一定会大红大紫。我几乎原封不动地把那番话说给了村上。不过因为是现学现卖，我自然没法谈论石田没提到的内容。

接着是一段沉默，我满脑子搜寻着下一个话题。事实上我已经想好了下一句话，那就是"要不要跟我一起去看电影"。只是无论如何都说不出口。六百日元的咖啡，四百日元的蛋糕，我们现在坐的咖啡店，甚至这份工作本身，说白了都只为这句话而存在。可我却说不出来。

实在耐不住沉默，我又问起了毕业旅行。

"有几个人要去啊？"

"两个人……"

我还以为毕业旅行都是一群人吵吵闹闹地去，可她一听到我问，就有点难为情地低下了头。

"那个，你可别告诉别人，我其实是跟男朋友两个人去……"村上小声说完，低着头撩起眼睑看向我。一片明显的红晕爬上她的脸颊。

我心想："原来是这样啊。"后来，我呆呆地想了一会儿这种情况该叫什么。应该不叫被人甩了吧，毕竟什么都没发生。但也不能称为被拒绝了，那么应该叫还没开始就结束吗？我不禁觉得刚才那个兴奋的自己看起来无比滑稽。

我付了两个人的咖啡和蛋糕钱，跟她一起走出店铺。


东京没有下雪。

那份零工我一直干到了年末最后一刻，到处去给已经放假的公司办公室"抛光"，再也没见过村上。再过几个月，她就要穿上正装，变成坐在办公室里上班的人了。

打工回家的路上，我一个人去新宿歌舞伎町的电影院看了《壮志凌云》。放映厅里有很多情侣，满眼都是精致成熟的大人风景。

电影刚开始公映，汤姆·克鲁斯在里面穿的 MA-1 军用夹克就火速流行起来。我看完电影后，也用打工的钱买了一件冒牌货。

我能清楚地感觉到城市、世代和时代共同打造的某种氛围，而我就在其中，跟随它们流转。不过，我又感觉那些都跟自己有些许不同，让我无法完美融入其中。这种格格不入的感觉让我感到焦急，而且十分烦躁。

我的 1986 年就这样结束了。

# 距
# 离

* 1987 年的诹访冬天。一场雪过后，盆地的风
  景就会彻底改变，人们只能在其中努力适应。

我开始做那份扫大楼的零工后，就给出租房装了电话。因为没有电话会妨碍公司联系我，万不得已只好装了。

　　我时常想，一个没有电话的房间，只要没有人突然来访，就会一直处在不与他人接触的状态。在那种状态下，就算有人很想联系我，也没办法联系。突然上门的只会是挨家挨户推销的人，以及要我订报纸的人，而朋友是绝不可能突然跑来玩儿的。如此一来，我只要待在房间里，就能断绝与很多事物的联系。

　　自从装了电话，我待在出租屋里的心情也改变了，开始觉得自己时刻与什么东西牵连着。

　　高中跟我关系很好的宫坂会时不时给我打个电话。他毕业后没有再读书，而是进了诹访的精密仪器公司上班。

　　他每次打电话来，总会用同一句话开头："东京怎么样？"

　　那个声音十分低沉，仿佛来自黑暗深处。每次听到那个声音，我总会感到迷茫，不知该按照什么顺序向他汇报自己在东京的什么经历。因为我知道，他那句简短而客气的话语，实际蕴含了多重意思。

上高中时，宫坂一直都说他想考东京的大学，只是后来出于家庭原因不得不放弃了。那个家庭原因，就是经济原因。

"爸妈跟我说抱歉，供不起我上学……他们叫我去工作……"我清楚记得，那天放学路上，他站在谏访湖边眺望整片盆地，对着远方那道中央阿尔卑斯屏障，这样对我说。

当时，我什么话都没说出来。因为我并不知道这种时候该说什么，而且直到现在也没想出来。

只是，我心中涌出了一种难以言喻的感情。我意识到，自己真是太弱小了。同时也意识到，这座盆地里的所有人都无比弱小。就这样，他依旧待在谏访，干着与自己的期望毫不相符的事情。

谏访没有一所大学能允许我们住在家里上学，因此，我有好几个同学都放弃了升学。

来到东京我才知道，东京很少有人会因为那种理由而放弃升学，而在家乡竟是理所当然的现状。

他每次打电话来，都会聊工作的事。

我即使听了他的话，也没法在脑中想象出来。他有许多话都像发牢骚，但是那些职场人际关系和工作内容都是我从未接触过的世界，所以很难想象。

临近年末的一天，宫坂打电话来了，头一句话依旧跟以前一样。

"正月回谏访来吧。"

每次听到他理所当然的方言腔调，我都会暗暗吃惊。他口中的诹访方言，对以前的我来说也是理所当然。可现在，他每次一开口，都会让我意识到自己已经无法像他一样自然地说出那种腔调了。只要回去几天，自然能随口说出家乡方言，只是我有种预感，若一直住在东京，总有一天我将再也说不出那种腔调来。为此，我暗暗感到，在宫坂和自己之间生出了从未有过的距离感。

我们约定，正月在诹访见面。

从新宿乘慢速列车，在甲府转车来到小渊泽一带，周围的风景会骤然改变。一靠近诹访，刚刚积起来的雪就占据了全部视野，仿佛跟东京属于不同的国度。

我用平时上学的月票进入新宿车站，坐上了列车。一路坐到诹访，乘务员一次都没来检票，所以当我在离家最近的无人车站下车时，没有付钱就走到了外面。

在无人站下车的只有我一个人。那个无数人往来交错的新宿站竟通过一道铁轨跟这个无人站连在一起，真让人难以置信。

一走出破破烂烂的站台，眼前就是幽深的黑暗。头顶只有一颗电灯泡，我只能摸索着向前走。刚下的雪在黑暗中散发着微光，把四周模糊地映照出来。干涩而深邃的黑暗中，混入了积雪的白光。

迈开步子，我有种久违的感觉，冷空气顺着自己的气息，一路冻到嘴巴、喉咙，甚至肺管里。那股侵入肺部的冷气，又让我体会到一种关系，那是童年时我品尝过的冬天与当时伫立其中的自己之间的关系。

新年过后没几天，我跟宫坂见了面。

他开着刚买的四百毫升排量的摩托车来接我，我俩去了高中时每天都能看见的诹访湖。

诹访湖每年都会结冰，只是当时还是初冬，湖水尚未冻结。周围的崇山峻岭全都褪去了绿色，变成黑黝黝的影子，让人看到就觉得寒冷刺骨。我每年冬天都置身在这片风景中，它让人想到干燥的风和直逼内心的寒冷。

除了偶尔向天空喷出一道水柱的诹访间歇温泉和随后涌起的阵阵水汽还透着一丝活力，这里所有东西都仿佛已经死去。

"我打算辞职。"宫坂突然说，"我也想去东京……"

宫坂的侧脸衬托在从阴云间透出的微弱阳光中。

"去东京？你要在东京找活儿干吗？"

他点点头。

"找什么活儿干？"

"不知道，不过我就是想去东京。我已经受够了，又不是特别喜欢精密仪器，我对那个一点兴趣都没有，每天都想着啥时候辞职。"

我感觉他仿佛在重新确认内心郁积的想法，同时头一次将它释放出来。

我什么都说不出来，就像那时一样，什么都说不出来。

"你真好啊，能去学自己喜欢的摄影。"

我还是回答不上来，脑中只浮现出那个不久前还想退学的自己。

要是我把这件事告诉他，他会说什么呢？

诹访湖的对岸是下诹访的冈谷町，那里的街景像随着水面的张力一般从湖面生出。上方是线条柔和的黑色山峦，宫坂的公司就在那片风景之中。

仔细一看，那真是个弹丸小镇。

我丝毫不觉得这个小镇流动着与东京一样的时间和季节。回到这里，我确实找回了高中时的心境，而这样的我，却很难与几天前待在东京的自己联系在一起。

那天夜里下了一场大雪，雪花特别大。下雪的夜晚安静而明亮，而且格外暖和。

我一边给自家后院以及每家负责的路段铲雪，一边回想宫坂的话。临别时，他对我说："如果可以，我希望四月就到东京去。"

一开始铲雪，我就想起了那句话。随之而来的还有东京与诹访的距离，以及我和他的距离。

我突然想，干脆把这个当成寒假作业的主题吧。老师给的作业是自己制作写真集，用小故事和写真组成几页篇幅的小册子。

我脑中浮现出一个半真实半虚构的相片故事。

为了再现那个图景，我第二天便开始了摄影。我想象了男人在雪中与狗嬉戏的场景，并想对那个场景进行连续拍摄。那个男人的形象便是宫坂。只不过，就算跟狗嬉戏，那个画面也要给人十分寒冷寂寥的感觉。因此，天空绝对不能晴朗，必须阴云密布。

我请兄长当了模特。为防止破坏我脑中的形象，还让他穿上有长毛领兜帽的外套，用兜帽把脸藏住，然后把家里养的狗带到附近田埂上开始拍摄。

那一带覆盖着厚厚的积雪，仿佛摄影棚一般，成了没有远近感的雪白世界。我在雪地里一边思索如何再现脑中的景象，一边按动快门。

之后，我没有再与宫坂见面，直接回了东京。

回到东京后，我马上把在诹访拍的照片显影出来，开始制作课题。标题早已被我定为"距离"这个词的英文——"DISTANCE"。

距离这种物理上的印象，会酝酿出许多思绪。那是绝对无法逃离的东西，包含了一切欢喜与悲伤，横亘在我面前。这就是我想表达的概念。

我把硬板纸裁开，准备制作内页。然后，在页面上或是插入大幅照片，或是排列几幅小照片，还加入了一些简短的说明文字。文字以宫坂电话中的那句话为开端。

他会时不时给我打个电话。

每次都会说同样的开场白。

"东京怎么样？"

那个声音，显得有些拘谨。

写完这段话后，我又在照片之间插入了像诗歌一样简短的文字。

最后，在封面画上标题"DISTANCE"，就算完成了。

接下来的一节品评课上，这个作品竟获得了第二名，但我并没有像上次那样心情雀跃。我只是发现，在创作这种影集时，只要将照片与文章巧妙结合在一起，就能形成比想象更宽广的表现形式。

那天夜里，我给宫坂打了电话。我把课题的事对他说了，还告诉他自己脑中用了宫坂的形象，并在里面加入了几句话。

"到时候让我看看吧。"他的声音听起来有些羞涩。


进入二月，几乎没有课了。从后半月开始是春假，我趁此机会辞掉了一直干到那时的清扫工作。然后，再次做起了暑假时干过十天左右、给参加钢琴发布会的孩子拍舞台照片的零工。去钢琴教室的孩子一般都在春夏举行发布会，饭田桥一家专营舞台照片的摄影工作室负责给他们拍摄。

到了那个时期，不仅是东京，整个关东地区都会同时举办发布会，仅靠专业摄影师实在忙不过来，所以会招募学生工。

工作室的社长兼摄影师名叫石川，是个五十几岁、嗜酒如命的豪爽大叔。我第一次去工作室时，他就一边喝着威士忌，一边把他隶属的日本摄影师协会会刊拿给我看，然后醉醺醺却严肃地指着其中一页对我说："你看看这个。"

那篇文章的标题是《摄影师的严冬》。

文章大意是，最近备受瞩目的自动对焦相机性能极高，就算没有专业技术，人们也能轻松拍到好照片的时代来临了。如果那个时代真的到来，那我现在学的这些是否会变得毫无意义呢。

"你们也不能一点动作都没有哦。"连经营工作室的专业人士都这么说，那事态可能比我想的还要严重吧。

确实，那段时间摄影界没什么活力。摄影团队"挑衅"的森山大道、中平卓马、高梨丰已经有种属于遥远时代之人的印象，荒木经惟还要好几年才会崭露头角，被视作前卫的摄影杂志《每日摄影》已经停刊，而那种所谓涩谷系的杂志尚未出现。

然而，我当时并没有意识到自己处在那样一个时代，每天浑浑噩噩地过着生活。当时可能谁也不会想到，十年后，连女高中生都普遍拥有相机的时代将要到来。

石川先生派我去了群马县的前桥。

他给我安排的搭档是平时在小田急沿线某个车站旁经营照相馆、看起来有五十几岁的日比野先生。我们要在那里待上十天。日比野先生坐在开往前桥的慢速列车中，一直得意扬扬地夸耀自己最近采购来的自动显影机。

"有人拍了特别猥琐的照片不敢拿去显影，就会拿到我这里来。因为那台机器能自动显影啊。"他这样说。


在发布会上，日比野先生负责拍摄在台上弹钢琴的孩子的特写，我则负责把钢琴整个纳入镜头拍摄远景。因为特写难度比较高，我这个学生自然轮不上。

由于不能落下任何一个人，我就一路听着紧张的孩子们弹奏的肖邦、贝多芬、俄罗斯民谣。女孩子都穿着华丽的小裙子，少数几个男孩子则系着领结。

演奏完毕后，我们又要在大厅给每个班上的孩子拍大合影。拍照片的自然是日比野先生，而我负责指挥孩子们站好。我得做出各种细节指示，比如让孩子们把腿并拢，让老师捧着一束花放在膝头好挡住能一直照到老师裙子里面的闪光灯亮光。最后，孩子家长会在前台订购大合影和演奏时的照片，等照片洗出来就给他们寄过去。

傍晚，一整天的拍摄结束，我和日比野先生回了一趟附近的商务酒店，然后到不远处的拉面店一起吃了晚饭。选这里是因为附近只有这一处吃饭的地方。就算只是一碗拉面，每天晚上都出去吃还是让我觉得肉疼，身上带的钱以飞快的速度花了出去。

而且，我连酒店房钱都没付。我们第一天到酒店，前台开口就让我付十天的房钱。我当时钱包里只有三千日元，自然给不出来。我还以为工作室已经提前付了，没想到会变成这样。

于是，我慌忙给石川先生打了电话，请他马上给酒店汇入房钱。日比野先生说："不好意思，我这边钱也不够。"便只付了自己那份，然后进了自己的房间。

前台那个跟我年龄相仿、脸上没什么血色的男员工面无表情地对我说："那边汇入房钱之前，请您留下抵押物品。"

他的说法让我不由自主地感到一股恶意。尽管如此，我还是只能照做，于是晚上把自己的相机押在前台，白天出门干活时，就用手表把相机换出来，一直持续到房钱汇到酒店为止。

每次从拉面店回来，日比野先生都会提议到附近的书店转转，我每次都会奉陪。他每天晚上必定会买几本人体写真杂志回去，其中还有"萝莉控"风格的照片。见过他那副看得入了神的样子，再想到他白天都在给孩子拍照片，我就感到有点害怕。

"你怎么样，喜欢孩子吗？"

"这个……"

"是嘛，我可喜欢小孩了，小孩最棒了。"

我们走在冷风呼呼而又肃杀的商店街路灯下，日比野先生用夸张的语调，反复说了好几次"小孩最棒了"。

第四天，石川先生把房钱汇了进来。前台的男员工通过房间内线电话，用毫无起伏的语调知会了我。

就在结束所有工作、第二天就要回东京的晚上，我正忙着收拾器材和行李，有人来敲门。打开一看，日比野先生全身只穿着运动衫和平角裤，光脚套着拖鞋站在门外。

"怎么了？"

"这些都送给你。"日比野先生说完，把手上那一大堆东西塞到我眼前。

"你也喜欢小孩吧？"日比野先生的语气，听起来不容反驳。

"这个……"

"可棒了，你是不是特别想看？"

我感觉此时不能拒绝，便把东西收下了。

我多少明白日比野先生的想法。他明天退房时，一定不想把那堆人体写真杂志留在自己房间里。因为这是个小商务酒店，里面的员工我们基本上都打过照面，所以他不好意思留下这种东西。

明天早晨退房后，那个年轻男员工一定会在这里发现这堆杂志。

"无所谓了……"

我把杂志扔到了房间一角。

回到离开了十天的出租屋，门口放着几封信件。一封是朋友宫坂寄来的明信片，上面写了几行字。

开头是："东京的樱花已经开了吗？"

最后用潦草的字迹写道："我决定了，留在谏访再努力一段时间。"

另外还有一封信，是岛尾庆子寄来的。

我慌忙拆开信封。

好久没联系了。

你过得好吗？

还记得我吗？

今年四月，我也来到了东京。名义是为了读书。之所以说名义，是因为我还在上预科学校。

我报考了几所东京的大学，但是都落榜了。于是，我决定到东京来上预科学校。因为谏访没有预科学校，如果要去松本上学，干脆直接到东京来不是更好吗？于是，我就做了这个决定。

我顺利进入了新宿的预科学校，并且要在宿舍里住一年。

未经同意就给你写了这封信，请你原谅。

我上周已经到了东京。

说句很不好意思的话，其实我高中没什么朋友，也没有认识的人从谅访来到东京。我身在这个巨大的城市，却一个人也不认识。想到这里，我突然非常害怕，眼泪一直停不下来。

就在那时，我想起了你。你可能觉得我只在需要的时候想起你，实在太功利了。真对不起。

不过，我还是认为，自己在东京是有一个认识的人了。

所以便试着给你写了这封信。

谅访虽然冷，依旧是个好地方啊。

来到东京，我头一次产生了这个想法。

島尾庆子

那封信后面端端正正地写下了她在东京的地址。

那是涩谷区神宫前的一座女生宿舍。

那天夜里，电视花好长时间报道了"国铁"改组为"JR"的消息，反复说了好几次"一个时代结束了"。

皇
居

樱花散落之时，我升上了二年级。

学校挤满了表情略显紧张但总体还算开朗的新生，与春假前的氛围截然不同。

这种感觉就像原本没有颜色的风景突然染上了颜色。整个校园充斥着淡淡的粉红，连微风都萦绕着那种色彩，让人有点害羞。

于是，我的心情也莫名雀跃起来。新生们的人影和声音在灿烂的阳光中晃动，让我心神摇曳，带走了心绪中央的那块东西。我觉得，自己喜欢上了这种刚刚开始又什么都没开始的东京风景。

自从收到岛尾庆子的信，我就时常想起她，以及她的文字。不知为何，我总觉得身在东京的她，就像没有被任何人踩踏过的樱花花瓣。

四月中旬，新闻摄影部在活动室召开了第一次社团会议。

虽然我一年级上半年还在挺认真地参加社团活动，但后来就几乎不出现，成了幽灵部员。毕竟那段时间我一直想着要不要退学，根本没心情参加社团活动。

我晚了一会儿到达，惊讶地发现活动室竟然挤满了人，几乎快要装不下。其中大部分都是已经办完入部手续的新人，总共有二十几个。更让我吃惊的是，其中一半都是女生。

社团新部长，跟我同年但不同专业的木村坐在活动室最里面。不知是兴奋还是紧张，他的声音有点尖利。

"下周四在学校食堂二楼举行欢迎宴会，大家务必出席。"他大声说，"接下来，从最边上开始做自我介绍吧。"

木村强装前辈的模样非常好笑。他叼着烟，不顾一切地装模作样。在他面前，新生们按顺序简单介绍了姓名、籍贯和加入社团的动机，一个个都非常紧张。

我站在走廊听他们做自我介绍。新社员来自各种不同的地方，有个男生来自北海道，还有个女生来自冲绳，让人意外的是很少有人来自东京本地。


第二周的星期四，我们包下学校食堂二楼，举行了新部员欢迎宴会。因为零工那边拖延了时间，我迟到了好久。

辞去一年级干的打扫工作后，我的想法有所转变，开始专找每天能赚一万日元左右、来钱多又日结的体力活儿。因为升上二年级后，每周会有一天什么课都没有。

今天的工作内容是布置女性内衣展示会场。

那家女性内衣公司位于半藏门，我的工作就是搬运装在塑料袋里的大量内衣，然后套到塑料模特身上。具体过程就是拖着一大口袋内衣，一件一件掏出来，再套上去。

跟我结伴工作的是同一个研究室的男同学，名叫永濑。他特别丢人，做着做着竟然开始流鼻血。为此，好多学生工一直在调侃他。本来工作预定傍晚六点结束，可现场作业过了六点都没能完成。于是负责指挥的展会公司员工就说："如果留下来加班，每小时加班费有一千日元，所以大家尽量都留下来吧。"

"呀嚯——"永濑假惺惺地说，"加班最棒了，我最爱加班。"

我犹豫了好久，还是决定放弃加班，赶往学校参加欢迎宴会。

"我要一直做到最后。无论是穿胸罩还是脱胸罩都毫无问题。不仅假人没问题，真人一定也没问题。"永濑说着再次给塑料模特套起了内裤。


来到食堂，宴会正处在高潮。

部长木村满脸通红，似乎心情大好。

空座位只有一个，我便在那里坐下了。旁边是一个新来的女生，那天在社团会议上没有见过。

她没有跟别人说话，我便开了一罐啤酒，跟她打了声招呼。她手上拿着啤酒，但好像没喝几口。

"你是新生？叫什么名字？"

"我叫铃木，铃木千夏。"她转向我回答道。

"家乡是哪儿？"我基本按照上回木村让他们自我介绍的顺序，

问了同样的问题。

"是群马县。"

我心想，这人的眼睛好像总在望着远方啊。她的目光确实聚焦在我身上，只是总感觉在茫然眺望着远处。

"我是长野的，就在你家乡隔壁。"直到把话说出来，我才察觉那句话几乎没有意义。随后我又说，长野县还跟另外八个县接壤，有极大概率碰到邻县的人，这句话显得更没有意义了。然后，我提到春假期间我在群马的前桥打过十天零工。

"那里每天都刮大风，太冷了。"

"啊，没错。那种风叫上州大风，在当地特别有名。大家都说那是上州特产的大风。"说到这里，她总算露出了一点笑容。

那个笑容有点僵硬，让我不禁怀疑，铃木来到东京后，是不是一次都没笑过。

我脑中突然闪过岛尾庆子的脸。

"你知道吗？群马县的形状很像白鹤亮翅。"

"不知道。"

"我住的地方正好在头部。"

"头部？"

"对，白鹤头部。"

这一定是我头一次在东京跟别人说这些话。只不过理所当然的，我并没有听说过她居住的那个小镇。因此聊到这里，两人仿佛突然走到了尽头，再也无话可说。

她说，自己家在那个小镇上经营了好几代照相馆，来这里学习是为了继承家业。

　　"我每天从新宿走路来上学。"

　　"为什么？"

　　"因为我还没买月票，心疼车票钱……"

　　"不就一百二十日元吗？"

　　"话是这么说，可是我上这所学校让父母花了不少钱，实在不好意思……"

　　她的表情仿佛在说，在这种地方说这样的话实在太害羞了。

　　我看着她的侧脸，一口气喝完罐里的啤酒，感觉这个人一定很坚强，而且无比温柔。于是，一些无以名状的感情开始在脑中膨胀，泛出阵阵波纹。

　　下一个瞬间，我开始觉得，自己肯定会喜欢上这个女孩子。那种预感莫名笃定，没有半点疑问。因为我有种感觉，岛尾庆子与铃木的身影重叠在一起，并紧紧贴了起来。

　　"你有喜欢的摄影师吗？"我单方面决定要在这里不醉不归，开始飞快地喝啤酒，同时问了一句。

　　"我很喜欢李·弗里德兰德（Lee Friedlander）。"她报了个让人意外的名字。我本以为自己会听到浅井甚平、筱山纪信、立木义浩这些广为人知的日本摄影师姓名。

　　李·弗里德兰德是谁，我从没听说过。不过在她面前，我可说不出那种话来。

"那是哪国的摄影师来着……"我含糊地应了一声。

"是美国的,我特别喜欢他。"她理所当然地认为我知道这个人,又跟我讲了他的几张摄影作品。

"前辈认为李·弗里德兰德的当代摄影怎么样?"

我根本不知道如何回答那种问题。

我随便回答了几句,把话题强行转向自己喜欢的罗伯特·卡帕(Robert Capa)和泽田教一,还有去年偶然碰到还说了几句话的艾尔斯肯。我一边在脑中想象他们的照片,一边感觉自己得说点有前辈样子的话,说着说着我嘴里的句子就成了连我自己都不太明白的,并不能称为摄影论的苍白论调。我不时瞥一眼她的侧脸,脑中泛起的波纹越来越大了。


时至黄金周,我临近中午才从被窝里爬出来,迷迷糊糊地看着电视,发现上面映出了皇居的画面,镜头里摇晃着无数"日章旗"。

此时我才意识到,今天是天皇生日。与此同时,又听到播音员说皇居下午会有普通民众参贺活动。于是我想,那里说不定能拍到难得一见的照片。尽管心里想着参贺人员可能不允许携带相机,我还是马上抓起相机,离开了房间。

一小时后,我来到东京站。

出了车站没走几步,我就遇到了前往皇居的人群,于是汇入其中跟着往前走。

途中,我被警官把包里的东西里里外外仔细检查了一遍。

"你这行李好重啊。"

开包前，警官对我说。等他把相机拿出来，不知为何做了个精准猜测。

"你是摄影学生？"

"那个，我想在皇居里拍照。"我对警官说道。

"是嘛，没什么问题哦。"警官若无其事地回答。

虽说如此，我到达天皇陛下在上方隔着一扇窗问候民众的广场前，又接受了三次检查。

前来参贺的民众多数是老人和右翼集团，几乎看不到像我这样的年轻人。

我在广场后方等待天皇陛下从玻璃窗后面现身，发现前方不远处有个男人抱着宾得 6×7 中画幅相机，正在不停拍照。我边看边想，这人快门按得好忙啊，结果定睛一看，那竟是摄影家荒木经惟。他脸上的圆眼镜和胡须，跟我以前在杂志上看到的一模一样。

那个时期的荒木先生给杂志《写真时代》拍了不少刺激性的裸体写真。老实说，我只对他有这个印象，因此不明白荒木经惟为何要来拍天皇生日。不过能看到货真价实的摄影家，我还是非常高兴，便走到他身后不远处，一直观察他拍照的样子。

他旁边有个貌似助手的男人，每拍完一筒胶卷，他就马上把相机递给那个人。而那人则用惊人的速度帮他换上胶卷，再把相机还给荒木先生。他用的是 120 底片，换起来很花时间，可助手堪称神速，荒木先生耗费胶卷的量也特别惊人。

他又不停地按了好多次快门，镜头几乎都对准前来参贺的老人。

过了一会儿，我目睹了十分奇妙的光景。荒木先生开始拍摄一个手持大号日章旗的老人。他先从侧面拍了一会儿面部，然后慢慢移向前方。

被他当成模特的老人一开始还烦不胜烦，但随着一阵紧似一阵的快门声渐渐逼近，他很快便愣在荒木先生面前动弹不得。老人仿佛被他的气势压制，中了定身法。

这让我颤抖地感叹：专业摄影家果然非比寻常。

荒木先生为何只把镜头对准老人？我迷惑了好久，后来总算想通了。一定是因为，这里的老人是曾经走上战场的那批人。

意识到这点后，我也学着荒木先生的样子，开始拍摄老人。我看着取景窗，思考着其中的意义，发现刚才眼前那幅休息日的混乱风景，此时却显得截然不同。

又过了一会儿，天皇陛下在玻璃另一头现身，荒木先生马上把相机举过头顶，继续不停地按下快门。我还是有样学样，做了一样的动作。

后来，我把这天的照片作为课题作业交了上去。

标题是《安详午后——战争中没有死去的父辈肖像》。


五月某一天的傍晚，一位毕业生前辈来到社团活动室。那人四十多岁，姓月本，跟几个摄影师朋友在新宿共同经营一家工作室，时常到活动室来招募临时助手，这次要走了两个一年级学生。

月本先生美美地喝着我慌忙买来的啤酒，说："你们知道现在正在上映的电影《野战排》（*Platoon*）吗？"

"那是讲越南战争的电影对吧。"一个喜欢电影的后辈答道。

我对此一无所知。

"你们一定要去看，那里面的战场画面太真实了。当时的越南真就是那种感觉啊。"

"比戈达尔（Jean-Luc Godard）的越南电影还真实吗？"后辈问。

"戈达尔？那是什么啊？总之你们都要去看。"

月本先生刚毕业的时候，作为随军摄影师目睹过越南战争。这在社团里也是个挺出名的故事。所以，有时他气势汹汹地背着相机包，上气不接下气地出现在活动室，我都忍不住觉得，他是不是刚从越南回来。

"那时候我可年轻了，刚毕业就懵懵懂懂地去了越南，到了之后，我马上就觉得自己一定会死在那里了。事实上，有好几个跟我一起去的人都死了。他们既不是泽田教一，也不是一濑秦造和冈村昭彦。我不可能变成像他们那样出名的摄影师，也拍不出跟他们一样好的照片。我们全是默默无闻，还带着学生气的摄影师，而当中有些人就这么默默无闻地死掉了。我虽然活着回来了，但有的新闻摄影师还没来得及让别人知道，就死在了现场。那时候的我很年轻，而时代本身也很年轻，有许多值得拍摄的东西。学生运动我当然也拍了。现在回想起来，那个时代，真是新闻有新闻样子啊。"

每次一喝醉，他就会跟我们讲越南战争。我感觉月本先生让自己背负着那些死去的年轻摄影师的灵魂，一直活到了现在。随后又想，如果我在当时是个二十岁左右的青年，会不会也像前辈们那样，奔赴越南战场呢？

不过，我还是不太关心《野战排》，而有另外一部想看的电影。那就是《伴我同行》（*Stand by Me*），改编自美国作家斯蒂芬·金（Stephen King）讲述自己少年时代的小说。

新宿东口广场上挂着那部电影的大招牌，几个少年排成一列，走在充满美国风情的宏大背景中。

同研究室的石田明明是一个人去看的电影，却坚定地对我说："那绝对是应该跟女孩子一起去看的电影啊。"我去年邀请一起打零工的女孩子去看他推荐的《壮志凌云》，最后以失败告终。所以我决定，这部电影一定要跟男性朋友去看，或者一个人去。

我脑子里浮现出欢迎宴那天晚上，在学校食堂二楼见到的铃木。准确地说，那天以后，她的脸就没从我脑子里消失过。我很想邀请她去看电影，只是越南战争的恐怕不太行。

要是换成月本先生，他肯定会觉得，我满脑子这种想法，真是个柔弱得无可救药、饱食终日又不知居安思危的废物。

那天过后，我还在学校图书馆找到了铃木说的李·弗里德兰德的写真集《自画像》，把内容牢牢记在了心里。所以，接下来应该只剩开口邀请了。只是，社团活动室里总有好几个人，我实在找不到突然对她说"要不要一起去看电影"的时机。我时刻留神寻找两人独处的机会，可令人伤心的是，真的一点都没有。

我对石田说了这件事，他若无其事地回答道："你就是想去约会嘛，那不就简单了。只要骗她说老师出了人像的课题，请她当模特不就好啦。然后你们就能找个公园去拍照片。这个理由足够充分，拍完了你还能邀请她去看电影。"

我有点感动，这家伙脑子怎么如此好使啊。感动完了，我就决定马上执行他的计划。可是宴会那天我装出大前辈的样子，夸耀了好多自己一直拍摄新宿流浪汉之类听起来特别硬派的行动。现在要我突然开口说"请让我在公园给你拍人像"，实在有点不好意思，而且那也太假了。

几天后，我跟几个同学冲洗不完课题照片，于是到傍晚中断了暗房作业，一起到山手大道另一头的快餐店去吃晚饭，回学校路上远远看到了铃木。她一个人走在校园里。

我马上想，现在就应该找她当人像课题的模特，如果错过这次机会，就再也没有下次了。

要扔下朋友跑去跟她说这个，我心里多少有些犹豫，可一想到现在是唯一的机会，又感到浑身发热。

在马上就要被夜幕完全笼罩的昏暗中，她一点一点朝这边靠近。不冷不热的风从新宿方向猛烈吹拂过来，把我向前推动。汽车的引擎声在耳边聚了又散，我甚至能听见自己的心跳声。世界仿佛突然收缩到我周围，让我苦闷不堪。

即将擦肩而过时，铃木发现了我，露出一点微笑。

"再见。"她微微低下头说。

我想马上追过去，可她已经把视线重新投向了自己前方的地面，丝毫没有改变步调。她的声音很平淡，不算大也不算小，表情也没有变化。那让我感觉，她只是偶尔碰到一个前辈，单纯打了声招呼而已。

我突然泄了气，没能开口叫住她，只能一言不发地转身，用目光追逐她的身影。

山手大道向左转是地铁站，可她却没有拐弯，而是穿过马路，一直向前走去。

远处能看到好几座新宿西口的摩天大楼，仿佛没有感情的巨人矗立在那里。铃木朝着那个目标，一言不发地走着。

她的背影很小，仿佛随时都要消失在黑暗的夹缝里。不过，双臂却像充满力量的样子，有规律地摆动着，让我感觉她在逞强。她那样走路，是因为风太大了，还是平时就这样？我并不清楚。不管怎么说，她看起来都像在迎着风，一步一步向前突进。我不禁想：这还是我第一次对着女孩子的背影产生这种想法。

如果我有勇气朝那个背影跑过去，对她说上几句话，那该多好啊。但我知道，自己绝对做不出那种事，也不可能做那种事。

那个背影就像时钟秒针的运作轨迹，一点一点走远了。

目黒川

* 依旧是同润会公寓周边。背后的废木
  料应该是附近澡堂用来烧水的燃料。

我给岛尾庆子写回信了。

可是，因为我不知道该写些什么、按照什么顺序来写，所以重写了好多遍。每次想到岛尾庆子，我都会感觉身体中心长出了一颗圆球。我分辨不清那是名为"喜欢"的感情，还是别的什么东西。不过，我确实感觉到了那颗圆球，也希望能用言语把它表述出来，只是无论重写多少遍都不太对，迟迟无法想出合适的词句。

于是我放弃挣扎，首先写了一段感谢来信的话。然后，简单介绍了目前在摄影学校学习的内容，以及自己的日常生活。最后，就全都是对岛尾庆子提出的问题了。

我问她是否习惯了东京的生活，在预科班学了什么，以后上大学想学什么。整个写完，用掉了两张信纸。

我在最后加了一句，如果方便，请回信。其实我想写，不如在东京见个面吧。可是又感觉，如果写了那样的话，岛尾庆子或许就不会给我回信了。

研究室的课题比一年级更多了，不过内容完全可以自由发挥，最后变成了只要拍自己想拍的东西就好。

有人每次都提交人像，有人拍摄的都是静物，仿佛在制作商品图册，还有人会交各种山岳写真和街巷抓拍。总而言之，每个人都逐渐找到了自己的拍摄风格，所以有时只需看一眼照片，就能知道是谁的作品。

放学后，我来到社团活动室。里面坐着几个一年级学生和部长木村，正在审视某人拍的黑白作品。铃木也在其中。

"这是我拍摄的劳动节作品。"一个一年级男生略显紧张地说。他的声音有点含糊，形成了独特的音调。注意到这点后，我开始看着他的脸暗想：这人的下巴好像将棋棋子啊。他姓庄内，山形县人。他近距离拍摄了头戴"团结"一字巾，正在参加活动的工会男性，整张照片充满魄力。

"拍完这张照片后，我就被他吼了。"他一脸为难地说。他能主动出去拍照，真是个勤快的家伙。尽管我心里这样想，还是对摊在桌上的几张照片毫不关心，满脑子只想着在这种情况下如何对铃木说"请让我拍人像"，一心只想找到好时机。

过了一会儿，部长木村说了一句"那我先回去了"，就把香烟摁灭在烟灰缸里，转身走了出去。

活动室只剩下我和几个一年级学生。

部长一离开，一年级生就突然松懈下来，开始谈论最近结婚的乡广美和二谷友里惠。

"你知道吗？负责拍摄婚礼照片的是筱山纪信。发明筱式广角的筱山纪信哦。"庄内像刚才谈论自己的照片一样，摆出滑稽又认真的脸，声音含糊地说。

接下来的话题变成了第一次到日本，并在大阪举行了演唱会的麦当娜（Madonna）。

我心不在焉地听他们说话，呆呆地通过敞开的窗户眺望着外面。一个学弟手上的香烟悠然冒出一丝青烟，缓缓往窗外流去。窗外时不时能看见几个身穿白袍的学生，每次我都会用目光追逐他们的身影。高中时，我也常像现在这样凝视窗外。不过此时的心情与当时截然不同。我没来由地想，能逃离那间教室真是太好了。然后又想，等一年后我从这所学校毕业，又会在什么地方眺望窗外呢？

没过多久，活动室沉默下来，似乎所有人都在寻找下一个话题。我想，可能现在就是最好的机会了，如果现在不说，今后或许再也不会遇到这种时机。

"对了，我研究室出了拍摄人像的课题……"我转到铃木的方向，毫无征兆地说了一句，"我实在找不到模特，所以能请你当模特吗？"

所有后辈都在听我说话。

"呃，我……吗……"由于我的话太意外，她露出了左右为难的表情。

"因为我实在找不到人。"

"可是，为什么要找我呢……"她直击问题核心。

之后，她还跟旁边的一年级女生互看一眼，脸上满是为难。

"怎么样？"我感觉自己的声音极度油腻地拂过自己皮肤表面。我真希望自己从未讲过这番话，想再次讨论庄内拍的劳动节照片。

"好，可以啊……"她说。

我感觉凝滞的空气再次轻柔地流动起来。


第二周的周六下午，我跟铃木来到了代代木公园。

我穿着新买的上衣和刚洗干净的牛仔裤，感觉整个人僵硬到不行。一想到今天的拍摄只是为了找借口约她出来，我就更不知手脚该如何摆放了。

她今天穿了一件胸前有大号文字的 T 恤。

前几天她问我"我该穿什么衣服"时我回答穿什么都行。不过今天一见面我就后悔了，早知道该跟她说"穿件没图案的 T 恤来"。因为我感觉，那几个文字会被过分强调，使整张照片看起来十分杂乱。

晴空万里无云。

天气这么好，跟她在公园散步的感觉特别好，仿佛周围一切都只为了我们俩而存在。草坪上铺着许多垫子，上面坐着许多情侣，全都极其自然地抱在一起。她面对这种光景，心里会怎么想呢？一想到这里，我就感觉自己要慢慢融化了。直到现在我才意识到，原来单单只是跟女孩子走在一起，就足以让我产生许多从未有过的想法。

我又想起了岛尾庆子。她收到信了吗？读过信了吗？她正在干什么？正在想什么呢？

这里有诹访绝对见不到的草坪、喷泉，有滑板轮子摩擦地面的声音，有带狗散步的年轻女子和情侣，有大白天毫不遮掩、光明正大亲嘴的男女。如果我跟岛尾庆子一起走在这里，她会说些什么呢？

我们走到公园深处，随后开始拍照。我让她在草坪上走路，在树荫下回首，在长椅上落座，并用镜头对准她的身影，有节奏地按着快门。我听那个最喜欢给女孩子拍人像的朋友说，这种时候，拍照片的人绝对不能害羞。

"因为拍照的人害羞实在太差劲了。我们必须表现出一种态度，那就是我可以堂堂正正地做这件事，一点都不感到羞耻。如果不这样，就绝对拍不到好照片。"他是这样说的。

令我感到意外的是，随着拍摄推进，我脑中不断浮现出接下来想拍的场景。

我专心致志地看着铃木在取景窗中的面孔，心中暗想，我果然喜欢这个人啊。

随后，我们又走到代官山，直到日落时分才结束拍摄。

接着，去了涩谷站。

拍摄结束后，我只剩一件事情要做，那就是邀请她去看电影。今天从跟铃木在原宿站碰头开始，我脑子里就一直在想这件事。如果一直走到车站，她就要坐上跟我方向相反的列车了。

恋爱、人与人的交往，这种事情实在太麻烦，既难以预料，又太棘手，充满了虚伪的算计，同时让人感到无比害羞。如果各种事情都能跟随感情循序渐进，那该多轻松啊。

"对了，你知道《伴我同行》这部电影吗？"我一边默念不要害羞，一边说出了这句话。我感觉，只要能把这句话说出来，之后就能顺其自然地发展了。

"啊，是的，我知道。我在新宿站看见过那块大招牌，或者说大海报。那是讲一群美国少年的故事吧。我记得应该是那张几个少年并排走在一起的海报，特别有美感。"

"就是那个……你要不要跟我一起去看？"

"啊……我吗？"她的措辞和语气都跟上回几乎相同。

我点点头，等她说出下一句话。因为她上次说的下一句话是"好，可以啊"。

"那个，其实我……"

"…………"

"那个，班上有个男生已经约我去看玛琳[1]的演唱会了……"

"玛琳？"

我听过这个名字，可除了那是一个外国歌手之外，我对此人一无所知。那跟我约她去看电影有什么关系呢？

"对，玛琳。所以我可能……"

---

1　玛琳：菲律宾旅日歌手 Marlene Pena Lim。

这就是她给我的回答吗？

我的心情突然坠落，完全想不出下一句话该说什么。

她也没有再说什么。


第二天，我在学校对石田说了那件事。

"我觉得这里该加把劲。"

"加把劲？"

"对，明显该加把劲。你昨天那样可能还不够吧。不过那部电影还会放映一段时间，对方又没有完全拒绝你，所以还能再加油一下。"

那天我回到出租屋，发现邮箱里装着老家寄来的信。那是母亲寄给我的，里面还装着一份从地方报纸上剪下来的广告栏内容。

"年轻人，在故乡奋斗吧！到信州科技，描绘你的梦想！"广告栏上写着这样一行大字，配了一幅年轻人在奔跑的插画。

仔细一读，原来是地方报社主办的企业说明会的举办通知。上面还说，说明会将在东京五反田的会场举行。母亲在另附的信纸上嘱咐我，一定要去参加这场说明会。

其实我心里一直惦记着找工作，毕竟每次回老家都听父母嘱咐，一定要好好找工作。可是学校里根本没有人提起这件事。我知道那些普通大学生和专科生，现在可能都穿着求职西装，忙着参加所谓毕业前辈访问和公司访问的活动。可是，我总感觉那是跟自己不同的世界，也觉得去某个公司当白领和学习摄影这两件事之间本身就存在矛盾。

我虽然没在同学面前提起过，但老实说，我还是想到公司上班的。其实，我很憧憬那些系领带上班的职业。这或许是因为，小时候，我的身边几乎看不到那样的大人。不过观察我身边的同学就会发现，自己一边学摄影一边想那种事情，其实是个很少见的现象。所有人都认为，加入摄影工作室或成为独立摄影师的助手这类工作与到公司上班完全不同。

我茫然地想：自己究竟想不想找工作呢？外面真的有我能进的公司吗？要不，毕业后就回长野吧，不过，长野肯定不存在摄影师这种职业吧？

我后来又想，剪报上说现场会给文科学生和理科学生分发免费指南手册，可我两边都不是，所以根本不存在自己能进或自己想进的公司吧。

我还收到了另外一封信，是我写给岛尾庆子的。

我拿在手上，第一个想法是，这不是我的字吗？

那些歪歪扭扭的文字，确实是我的字迹。

盖邮戳的地方贴着一张邮局通知，那上面用简短的事务性措辞告诉我：该地址查无此人。

莫非我写错街区了？我马上拿出岛尾庆子写来的信进行比对，发现住址并没有写错。

这到底是怎么回事？

我又反复想了好久，还是想不明白。这个想不明白的问题，一直在我脑子里萦绕不散。

六月下旬，我在报纸上公布的日期，乘坐山手线来到了第一次踏足的五反田车站，然后走向举行企业说明会的场馆。我穿上了祖父买给我、自从入学典礼后就从未碰过的西装，还系上了领带。从名为奈良英雄的社团后辈那儿借来的黑皮鞋码数太大，很快就把我的脚磨出了水泡，每走一步都感觉脚跟好像刀割一样痛，只能拖着脚继续往前走。

会场里挤满了跟我身穿同色西装的学生。我不禁想：这帮人全是长野县的吗？原来东京有这么多长野人吗？所有人手上都拿着一个透明塑料袋，里面装着一个蓝色信封。直到此时我才知道，那个奇怪的信封就是找工作时的标准配置。

我在会场转了一圈。里面竖着好几块县内知名企业的招牌，每个隔间都能看到面貌成熟的学生与企业人士对坐着认真说话。他们在说什么呢，莫非在问今年有多少人求职吗。

我站在一群来自同一地方、年龄相差无几的人中间，渐渐感到心情越来越沉重。这是为什么？是因为大家看起来都像东京人吗？还是这让我忍不住想起高中的生活？

那种被我遗忘已久既喜欢又讨厌的感觉开始复苏。我并非讨厌这些绝不口吐方言、个个表情淡漠的人，只是心中有种类似自卑的奇怪感情在不断膨胀。这种自卑和焦虑混合的情绪在心中渐渐满溢，可我同时也感觉这跟那些完全不同。我只是觉得自己在这种地方思考这样的事，实在太过天真，并为此感到好笑又无聊。

"早知道不来了。"我默默说了一声。

站在会场角落里吸烟时，一个男人对我说："吸烟会留下不好的印象哦，企业的人都在周围看着呢。"

"其实我上周就得到了一个内定。"

我明明没问，那人还是兀自说了起来。

"你拿到几个了？"

"还没拿到。"

"参加过几次公司访问了？"

我不懂他在说什么。

"公司访问不是秋天才开始吗？"

"啊，你说真的吗？那当然是表面形式而已啦。"

看来我连最基本的常识都不具备，就跑到这个地方来了。

"你是哪个大学的？"

"我是摄影学校的……"

"摄影？那是啥啊？那你想进什么样的公司？"

"呃……"

我真的没有任何想法。

"我还是给你一张名片吧。"

我接过男人递来的名片，上面印着大学名称和专业、姓名、地址和电话。我想，肯定只有这种人能变成优秀正派的社会人吧。要是问我羡不羡慕，那我一定会回答羡慕。

"我觉得你最好别在这种地方吸烟。"

"我知道……"

显然，我在很多方面都比不过这个人。

走回车站的路上，我把他给我的名片从目黑川桥上扔了下去。


研究室的作品品评课，我提交了那天给铃木拍的人像。

"你怎么跑去拍人像了？"一位老师说。

"我就是想拍拍看。"

只有坐在远处的石田满脸坏笑。

"你的照片感觉有点不对啊。这只是炫技，对不对？其实你心里想的根本不是这些，你应该用一种更具攻击性的强烈性欲去拍摄啊。这些照片怎么看都看不出色欲，你是不是把基准给定错了？像你这种年纪的人，作品中应该充满了色欲，这才与年龄相符。这可不是老人拍的人像，应该把猥琐的内心裸露出来啊。"老师唾沫横飞地做了一番激情演说。我感觉他说得对。

后来我又约了几次铃木，每次都被她顾左右而言他地拒绝。不过，我有陪她一起走去新宿站几次，途中谈论了不少影集和影展，还有最近读过的书。

"我将来打算继承家里的照相馆，所以要在这个学校掌握所有拍摄技巧。"回家路上，铃木说，"前辈毕业后有什么打算？"

我首先想到了那个企业说明会的光景。

"不知道，不过应该不太可能到公司上班。也找不到那样的工作啊……铃木真好，家里就是照相馆。"

这是我的真心话。

我知道这种想象太不现实，不过，如果能在她的家乡，跟她一起经营照相馆，应该能得到"小小的幸福"。这种感觉毫不真实，只是出现在"喜欢"这一延长线上的产物。当一个照相馆老板，一定不坏吧。

　　暑假开始前，我给铃木住的学生宿舍打了电话。

　　我已经无法将自己的心情收纳在内心深处，实在太想把这种感情传达给她。那让我内心无比纠结。我头一次产生这种心情，甚至害怕它有一天在憋闷中爆发，变得再也无法控制。

　　听筒那头传来她的声音。

　　"是前辈吗？你好。"她的声音听起来无忧无虑。

　　"那个，我有话想对你说……"我一上来就切入正题。若不这样，我感觉自己会跟她聊几句毫无意义的闲话，最后直接挂掉电话。我汗流浃背，嗓子异常干渴。恋爱为何如此麻烦，为何要这么咄咄逼人，让我承受这么大的压力，甚至浑身大汗、喉头震颤呢？

　　"那个，这样说可能很突然。我喜欢铃木，所以，虽然有点突然，请你跟我交往吧。"

　　我感觉自己明显弄错了说话的顺序，这样说只会让人家为难吧。

　　"呃。"她只回了一个字就沉默了下来。

　　漫长的沉默过后，我没来由地说了一句"对不起"。

　　结果，她也跟着说了一句"对不起"。

　　"那个，其实我已经有男朋友了……所以……对不起。"

　　"啊，是谁？"

"呃，是奈良君。"

那是我去参加企业说明会那天，借给我大码皮鞋的后辈。我马上想起了他那张善良的脸。原来铃木跟那家伙去了玛琳的演唱会啊。原来是这样，原来是这样啊。

诹
访

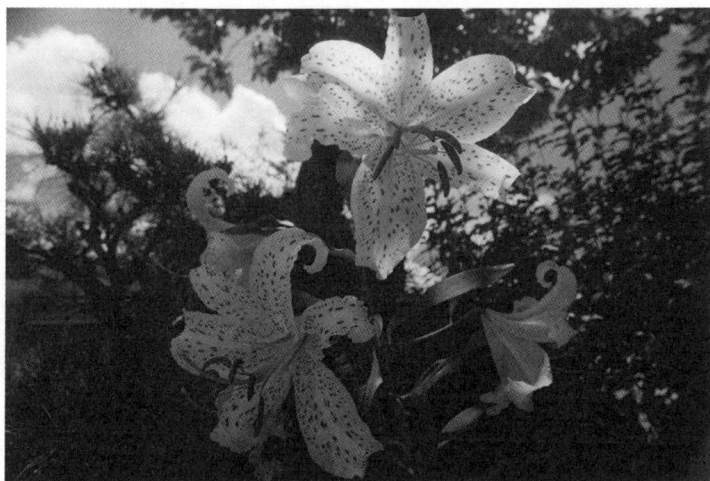

*　盛开着的花瓣、雄蕊雌蕊、照在上面的强烈阳光，这些都让我
着迷不已。那些东西，无疑跟我心中的某处产生了共鸣。

东京遇上了史上罕见的"旱梅雨",时至七月仍不见降水,陷入了严重的水资源不足困境。新闻播音员宣称,今年一滴雨也没下,梅雨季节就过去了,但这对我而言并无所谓。唯独受不了滚滚热浪向我发动的猛攻,闷热笼罩身体,让全身汗腺都在喷吐肮脏的汗水。

暑假开始的那天傍晚,我汗流浃背地来到社团部长木村的出租屋。这次来是为了跟他商讨社团今后的方向。木村以打工太忙为由,并不积极参与社团活动。为此,我感到极为烦躁。

由于月票已经过期,我从新宿一路走到了中野坂上站。

中央公园的喷泉被停掉了。

木村的出租屋在学校附近,坐落于水泥河堤加固的神田川沿岸,木头房子破破烂烂,不带浴室。走着走着,那座公寓便出现在摇曳着暑气的视线另一端。

他的房间在二楼,紧挨公共厕所。站在门前,我仿佛闻到了一丝异味。

敲响房门后，一脸胡碴的木村很快便探了半个头出来。对于我不打电话便来访的行为，他似乎吃了一惊，沉着脸说："怎么突然来了？"

片刻之后，他又变回平时的表情，大大咧咧地说了句："屋里有点脏，你进来吧。"

一踏入几乎没有光线的昏暗房间，就有一股浓郁而令人窒息的气味扑鼻而来，那种气味与门外截然不同，顺着鼻腔一路涌到我的喉头。

房间有七平方米大小，其中一面墙堆满了黑漆漆的东西，一直摞到天花板附近。我好奇地定睛一看，发现那都是装垃圾的塑料袋。我一时不敢相信自己的眼睛。后来我没来由地想，若铃木当时在这里，看到此景不知会做何表情。

"那里面装着什么？"实在难以忽视，我便在凌乱的榻榻米上找地方坐下来问道。

"就是垃圾而已。"

"垃圾？"

"对，厨余垃圾。我早上都在睡觉，一直没机会扔出去，就堆起来了。"[1]

意识到充斥房间的异味全部来自那里，我忍不住一阵作呕，加

---

1　日本垃圾分类管理严格，每一类垃圾都规定可以丢弃的星期数和时间段，一旦错过就不能丢出去。

之房间没有空调，身上又出了许多汗。我感觉，那股异味的粒子正在一点点溶入我的汗液。

我希望社团能举办一项活动，那就是摄影展。可是木村对此毫无兴趣，所以我跟他吵了好几次。同时我也知道，他觉得我既不是部长又不是副部长，擅自策划活动让他很不爽。

"我想秋天到了，在校内办个摄影展。"我又一次说出已经提过无数次的话。

"你搞那个干什么，装什么乖小孩。"木村点燃香烟，躺倒在地。

我很想把木村的脸埋进那堆垃圾袋里，但转念一想，这种行为并不管用。

"有几个一年级的也想搞。"

"拍什么照？"

"上野车站地下站台。"

"上野车站什么玩意儿？"

"就是以距离为主题的照片。距离指的是中央与地方的距离，我想试试用这个主题能拍出什么作品……"

"我怎么感觉那听起来像演歌啊。过去肯定有过这么一首歌。"木村横陈着身体说。

我们的对话完全得不出结论，甚至没有争论，就这么干巴巴地持续着。等我回过神来，末班列车已经开走了。

"就在这儿睡吧，虽然地方有点小。"

我想，比起地方狭小，这股味儿才是问题关键吧。只是不知不觉间，我再也感觉不到那股异味了。

由于他只有一套被褥，我便将屋里堆积成山的垃圾袋和散落的可乐瓶扫开，把两个坐垫拼在一起，躺在了那片空地上。

木村熄灭吊在天花板上的荧光灯，不一会儿，我就听到一阵断断续续的沙沙声。那是什么东西在地上爬、在天上飞的声音，而且渐渐朝我逼近了。

待目光适应黑暗，我又发现一些黑漆漆的东西在蠢动。

那是无数只蟑螂。

我正犹豫是否该将此事告知木村，只见他悄无声息地拿起气枪，朝那些黑点打了起来。然而，没有一颗子弹击中蟑螂。

"混账东西，全都拿我当猴耍。"他用异常大的嗓门骂道。

我感觉，那好像不是对蟑螂说的话。不一会儿子弹打完，窸窸窣窣的声音又响了一会儿，不久也平息下来。


暑假前，我擅自在社团里招募了想办摄影展的人。最后大二的女副部长与野、三个大一男生和一个女生想要参加。那个大一女生就是铃木，三个男生的其中一人便是正在跟她交往的奈良。

我此前并不知情，才给铃木打了那样的电话。一想到今后碰面肯定会有许多尴尬时刻，我就感到心情沉重。

我想搞的摄影展正如此前对木村所说，准备在上野车站地下站台进行拍摄，希望能拍到开往青森的"津轻"和"八甲田"这一类快速列车的画面。但我们并非单纯拍摄列车和车站，而是打算捕捉离别场景，以此来展现中央与地方的"距离"。

我与木村的商讨没有任何进展，尽管如此，暑假开始后，我们还是每天都到上野车站蹲点。

铃木和奈良同进同出，是超出我想象的难受光景。所以我一直都在与两人有一定距离的地方拍照。

我在站台上目睹了许多离别，有伴随泪水的恋人离别、青年与父亲的离别、其他家人之前的离别，等等。我就在远处的角落里，用镜头平淡地对准那些离人异客。

摄影活动持续了大约一周便暂告段落，我们打算秋季学期开始后再继续拍摄。


我决定回趟诹访。可是上野车站的拍摄活动花了不少钱，我钱包里只剩下三千日元。而我却对此竟毫无意识，还在新宿的纪伊国屋买了一直很想要的摄影集，然后又到附近牛肉盖饭店吃了牛肉盖饭。直到此时我才意识到，自己身上一分钱都没有了。银行账户还剩几百日元，不过用银行卡取不出来，暑假期间家里又不给生活费，于是我就这样被困在了东京。

我本想只买张一百二十日元的普通列车票，一路逃票到松本，结果实在太害怕，只好作罢。思来想去，我给住在湘南的学校朋友矶岛打了电话。只听他满不在乎地对我说："你要回诹访？中央高速能到吧，我开车送你回去好了。"

第二天，我们便疾驰在中央高速上，途中休息一夜后，我终于回到了老家。

到家那天，演员石原裕次郎去世了。那个消息整个夏天都在不断播放，可是看了许多新闻和特别节目，我对他的印象还是只停留在《向太阳怒吼》（太陽にほえろ！）中的角色藤堂老大身上，听到"战后青春的象征"这般评语，内心也毫无波澜。

阔别几个月的诹访，正值盛夏。

我感觉，这里虽比东京凉爽，却更像夏天。这是因为气氛。强烈的阳光让地上的影子更为鲜明，草木、藤蔓、田里的蔬菜都在贪图短暂夏日的欢愉，色彩鲜艳的花朵也绽放出混合青草气味的香艳，充斥在周围的空气中。

我不禁强烈意识到：啊，这个地方在发情。那是我头一次体会到这种感觉，可能因为我突然从东京回到了这里。

我很确信，诹访这个地方正在朝向仲夏凶猛地发情。整个盆地都在扭动着年轻的淫靡身躯，分泌着黏稠汗液，在情欲中喘息。

我脑中闪过一个照片主题，那就是"发情季"。不是"期"，而是季节的"季"。那是死寂的冬日酝酿出新生，随即经历发情，又再次走向死亡的意象。我想用这种感觉拍些照片，拿去参加秋天公开招募作品的校内比赛。那个奖项以发明摄影的福克斯·塔尔博特（Fox Talbot）命名，只要得奖就能拿到三十万日元。

在老家看电视，新闻上总能见到东京学生求职的镜头。看着那些身穿西装满头大汗的青年，我不禁为自己回到老家而感到焦虑。尽管如此，我还是不想出去求职。

由于无所事事，我开始去打工。离我家步行约一小时的山中，有一处湖畔别墅区。每到夏天，就会有大批游客和钓鱼爱好者过来，因此只在这个繁忙时节招募零工。

我不知道自己不去求职，跑到这里来打工是否妥当。总之我几乎每天都来，按照吩咐打扫客人退房后的房间、折叠被褥、洗洗涮涮。闲暇时就呆呆地凝视湖面。置身于看不见波纹的深绿色静寂湖光中，我不禁感觉几天前还待过的东京变得无比遥远。

不过，暑假刚开始那会儿，我还是参加过一场入职考试。准确地说，只是将应聘资料寄了出去。那是一个位于银座的大出版社招募摄影师的考试，申请职位时还要附上对出版社旗下杂志的感想和意见，再以"最近让我震惊的事"为主题写一篇八百字左右的作文。我到隔壁车站的书店买了几本那个出版社的杂志，写完感想后，又把上回在木村房间借宿，为那里的肮脏感到震惊一事写成了作文。我边写边想，这种内容肯定通不过筛选，自己写的东西实在太无聊了。

不用打工的日子，我会步行到八岳山麓一带拍照。

那片山麓被称为"御狩野"，相传是诹访神明狩猎的地方，因此得名。直刺皮肤的阳光让人感到无比爽快，同时又异常厚重，仿佛蕴含着灵气。

给铃木拍人像，以及将镜头对准眼前这片宽广风景时，我都以同样的方式举起相机，装入胶片，窥视取景窗，然后按下快门。然而两者截然不同。虽然我只需将快门速度调至1/60，使用11.5的光圈，就能得到正确的曝光效果，无须代入任何感情即可将图像留在胶卷上，但这原本理所当然的事，还是让我感到不可思议。

暑假结束前，我再次回到东京。离开老家的前一夜，祖母塞给我一张万元钞票说："到东京花吧。"祖母整个夏天都在附近种菊的农庄里干"摘芽"工作，那是她得来的工钱。我决心不到万不得已绝不用它。

乘慢速列车来到新宿车站，谒访那种刺透皮肤的炎热已经褪尽，潮热、浑浊的空气又一次包裹全身。既然已经回到这种环境中，我很想尽早习惯它。我打算先回住处放下行李，再马上前往上野车站。因为我跟社团的后辈约好，今天在那里重新开始摄影展作品的拍摄。

我用钥匙打开门，脚下散落了一堆传单和信件。我发现当中还有前些天寄资料那个出版社的信封。看来是筛选结果。打开封口，里面装着一张纸，短短几句客套话过后，用一行字通知了落选的消息。

"果然没过啊……"我不禁陷入强烈的失落。

"算了。"我强迫自己发出声音。

傍晚，我与后辈及副部长与野在上野车站地下站台久别重逢。

"我简历落选了。"我对与野说。

"其实我也刚落选……"与野竟给出了让我意外的回应。她参加的好像是某个印刷公司的考试。

"这种事情真的好难啊。其实我觉得，我们可能不适合求职。"

"为什么？"

"因为我们的专业是摄影啊。学习拍照片这种事，社会肯定无法理解吧。"

"社会？"

"那我问你，日本现在经济很景气，你知道吗？"

"不知道。"

"对吧，我也是最近才知道那种事。这是不久前我哥告诉我的，结果还被他嘲笑了。说我连这种事都不知道，怎么可能求职成功。"

"是吗？莫非我们情况很不妙？"

"嗯，我感觉情况非常不妙。我们在同辈当中，可能属于相当无知幼稚的那一群。因为我们学的可是摄影啊，就是举着相机拍照而已啊。一群人聚在这种地方，也不出去找工作，竟然忙着拍照片。小林啊，你知道征地这个词吗？"

"知道，干什么？"

"是吗？我可是直到最近才听说。那你知道日本的国外净资产世界第一吗？"

"不知道。"

"据说这是常识，而且好像还跟经济景气有关。我考试时就碰到了那种题目。我哥找工作时正值日元升值萧条，就业岗位缩减了。不过现在经济景气，就业岗位增多，所以他特别羡慕我。可是他这么说让我很为难啊，你不觉得吗？"

"确实。"

"很糟糕对吧。我们竟然连那种事都不知道，还想去找工作呢。我再问你，你知道每年都会发布就职人气排名吗？"

"不知道。"

"听说今年的排名最近刚出来。我也是听我哥说的，第一名是东京海上火灾保险，第二名是一家贸易公司。"

"哦。"我根本不明白与野在说什么，"为什么保险公司会受欢迎？"

"我感觉肯定跟保险没关系，应该跟薪水呀公司业绩和发展前景之类有关，不过我也不太清楚。"

"为什么学生会知道公司的发展前景啊？"

"谁知道呢。"

我不想跟她谈这个了，说："我暂时不会出去找工作。"

上野车站地下站台挤满了人，仿佛都在挽留即将逝去的夏日。

站台上有一道等候东北长途夜行列车的队列，人们都垫着报纸坐在地上。排队的人大致可以分为两种：一种是返乡的人，另一种则是前往东北或北海道游玩的年轻学生。两种人形成了鲜明对照。

我们一直拍摄到末班车时间，随后几个后辈直接到我公寓冲洗照片，并决定以后每晚都这么做。与野春天开始找了一份中野新桥拉面店深夜到早上的兼职，所以没有与我们同行直接去打工了。我一边目送她离开，一边不明就里地想：我们今后肯定还会更糟糕吧。

在没有空调的房间关起所有窗户拉上暗幕，暑气顿时厚重了许多，滴进定影液里的乙酸气味刺鼻，让人喉咙发干。即使脱掉上衣，汗水还是不断落在显影液中。

"哦，你看香烟的火变成紫色了。"后辈奈良一边冲洗一边说。

确实，在红色安全灯的映照下，他嘴里叼的香烟尖端发出了紫光。我趁他洗照片的空当，在旁边不停地喝啤酒。

"我发现一种叫朝日超爽的奇怪啤酒。"后辈如此说着。他从附近卖酒的店买回来的啤酒并不苦涩，竟有点好喝。那好像是最近才开售的牌子。

早上我醒来一看，除奈良以外，其他后辈都在榻榻米上睡了。只有他一个人还在冲洗。

奈良每吸一口香烟，紫色的火光就忽明忽暗地闪烁一会儿。我睡眼惺忪地看着，只见他盯着泡在显影液里的相纸开口道："前辈，关于铃木……"

他想说什么。

"我没戏了。"

"什么没戏了？"

"我是说，我跟铃木没戏了……"

"你被甩了？"

我略显踌躇地问了一句，他朝泡在显影液里的相纸点了点头。就在一个月前，铃木才刚对我说"我在跟奈良交往"把我给拒绝了。

"出什么事了？"我不带任何感情地问。

"前辈应该知道，她还参加了漂鸟[1]部。暑假期间，那个社团组织了为期两周、纵贯北海道大雪山的集训。我去上野车站送了她，还去接了她。发现集训回来后，她变得有点奇怪。一会儿说在大雪山见到了棕熊，一会儿说夕阳特别美，一会儿又说差点冻死了，反正全是山里的故事。我一点都不懂登山，只能不断对她说：'哦，还有这种事。'那家伙，真的只讲山上的事。还突然读起了叫什么《山川与溪谷》的杂志。聊着聊着我就发现，她好像喜欢上一起去参加集训的男人了。"

"是嘛……"

"没错。大山会让人改变。应该说，有个男性前辈帮自己背行李，能熟练使用瓦斯炉做饭，又会搭帐篷，女人肯定会动心啊。我觉得她动心了，因为那是她第一次登山。肯定得动心，必须动心了。"

我试图想象铃木登山的样子，但没有成功。相反，我脑中却冒出一个想法。它跟这场对话实在毫无关系，连我自己都感到莫名其妙。

"那啥，说这种话可能时机不对，不过，你要不要跟我一起参加'人妖大赛'？"

---

1　漂鸟（Wandervogel）："漂鸟运动"是德国青年卡尔·费休发起的运动，于1901年11月4日在柏林正式成立（实际1896年便出现此类活动）。目的是学习候鸟精神，在漫游于自然中追寻生活真理，在自然中历练生活能力，创造属于青年的新文化。

"人妖？"

奈良难以置信地抬起头。

其实我心里有个小秘密，那就是想参加秋天学园祭惯例举行的社团对抗式女装比赛。新闻摄影部过去一次都没赢过，也没有人想参加那个比赛。

"好啊，我去。毕竟要战胜女人，唯有自己先变成女人。"奈良静静地说。

鞋箱艺廊

* 上野站地下站台。这是为摄影展拍摄的系列作品。几乎
  所有底片都已经丢失了，不过我也不想再看这些作品了。

去学校的路上，我感到夏日的形态改变了，它已明显不同于暑假之前。这种感觉有点像气味，在一个季节即将结束之时，总能撩拨到我的鼻腔深处。我很喜欢那种类似预兆的气味，因为我想，走在路上的无数行人，都跟我共享着那种气味。我听着不知从哪间社团活动室传出的单调吉他声，心中闪过了这个想法。

暑假结束，新学期开始。我提前了好几天到社团活动室准备摄影展，所以并没有第二学期伊始的新鲜感。也因为这样，我没有感到自小学起便始终相随的、暑假结束时的忧郁，反倒因为学期总算开始而松了口气。那是因为我暑假期间完全没有出去找工作。我感觉，只要学期一开始，就能暂时忘掉那件事。只是，唯独与铃木在学校碰面这件事，让我感到难以言喻的恐惧。

学期开始几天后，我正呆呆地看着学校墙上张贴的招聘启事时，发现一家报社正在"招募摄影记者"，马上决定去试试。

我对招聘启事上记载的报社一无所知。上面只写着报社在千代田区的武道馆附近，发行的是产业经济方面的报纸。报社职员有一千三百人，我感觉是个大公司，只是完全无法想象产业经济报究竟有什么内容，又有什么读者。

考试内容中并没有出现以前我应聘过的出版社那样的简历筛选，而只有笔试和面试。一般招聘摄影师，都会让应聘人员携带作品，或是搞一场实务考试，让他们现场拍摄一些东西，然而这条招聘启事一概没提。

两周后，报社组织了考试。我对报社大楼的第一印象是特别陈旧，不过比想象中大很多。一楼门厅宽敞，前台坐着两名年轻女性。我报上姓名，其中一人抬着头不看手就记下了我的名字，马上给人事部打了电话。我呆呆地看着她的动作。她对我这个学生都如此认真接待，让我感到格外新鲜又高兴。

许多系领带穿西装的人脚步匆匆地在楼里进进出出，除我以外的周围光景，看起来都格外成熟。

我在学校图书馆一下就找到了这个公司的报纸，考试前的每天都沉浸在对那些报纸的阅读中。一开始我觉得，那上面都是些艰深晦涩的报道，因为充斥着专业术语，让人难以理解。最后一版会根据星期数刊登体育或读书特辑，唯独这里最容易读懂。最让我惊讶的是，我找遍了那些报纸，都没看到电视节目预告栏。

各个版面上都刊登着记者发布会和接受采访的人物照片，要是我能进这个公司，将来肯定也要拍这种照片吧。这正合我意。因为我一直都很喜欢拍人，所以看到报纸上的人像就感到特别高兴，一直盯着不放。

我在一间空荡荡的会议室里接受了笔试。内容包括一般常识、国语和英语，大约有十个学生一起参加考试。上面还没发答题卡我就在想，不知他们是否都是来应聘摄影师，如果是，那我一定会落选吧。

我之所以会这样想，是因为所有人在等待考试的时候都捧着一本《入社考试一般常识》仔细阅读。我请旁边那个也来应聘摄影师的学生让我看一眼，发现上面用荧光笔做了好多记号，显然刻苦学习了很久。另外，有的学生还带了好几本参考书，高高地叠叠起来。

笔试结束后就是面试。我敲了敲指定的房间走进里面，眼前是一片大红的地毯。此时我想起，应该有指南书记载了面试时怎么开门、怎么关门和怎么行礼。

我手脚僵硬地走到了房间中央的椅子旁边，再次从后辈奈良那儿借来的皮鞋还是又宽又大，让我不禁想，要是这种时刻它脱落下来，那真是不敢想象。

我站着报出自己的学校和姓名，然后坐在了椅子上。眼前坐着五六个大叔。我心中疑惑，不知这些人在公司里都是什么职位，脑中只能浮现出"公司大官"这种孩子气的答案。

左起第三个白发、长脸、五十几岁的男人首先开了口。他的话让我产生了些许动摇。

"我看你带了很多作品过来，不过很遗憾，我们公司并不用那种东西来决定录取与否。"

那人直直盯着我，语气十分粗鲁，还用红笔在桌面的文件上写了几个字。然后，那人就再没往我的方向看过一眼。他旁边那个人的领带不知是沾到了脏东西还是起了球，一直拿着领带，用指尖揪来揪去。

他说的"作品"是指我带来的五十张摄影作品，刚进公司时我就交给了负责人事的人。虽然公司没说让我带作品来，可我只是单纯地想，不看作品要如何做出判断呢？因此，还是带了一些过来给他们参考。

"那我们就看看吧。"当时人事的人对我说。

眼前这些人是否都看过照片了？他们是否在想，区区学生怎么带这种东西来，简直太不像话了？

我彻底失去了冷静，只对一个问题做出了完整的回答。

"你认为我们报纸的照片怎么样？"

我的回答十分狂妄："我感觉，镜头应该往后退一点。"

离开房间的瞬间，我想，今后恐怕再也不会见到里面那些人了。


第二天起，我就钻进学校暗房，用一天四张、慢工出细活的速度冲洗自己在谄访拍的照片。每冲洗一张就得废掉好几十张相纸，最后总算做出了一套每张都让我满意的照片。整个冲洗过程比我拍摄的过程还要漫长。

那是一段极为幸福的时光。我身在暗房中，感觉自己走在一段没有尽头的隧道里。于是，我便整日待在暗房里，用红色安全灯映照的显影液重现着我用镜头捕捉到的诹访夏天。我可以将精力一直集中在上面，不去思考找工作和毕业后的事情，可以专注于一张张照片的加工中。

我不时离开暗房，把相纸拿到研究室的大水槽里冲洗。水槽正对窗户，另一头是只能被形容为平凡无奇的东京风景。那里有随处可见的楼房和住宅，还有电线杆和电线。每次我都会呆呆地眺望那片风景，心想：这样的时光要是能持续十年该多好啊。这种想法很天真，我也明白根本不可能，然而脱离学生身份走进社会，成为其中一员让我感到无比恐惧，同时也感觉自己根本无法适应那个转变。

最后，我做好了一组十五张的作品，标题就用了"发情季"，并提交给了公募展[1]。这个摄影展的审查人员全是著名摄影师，有立木义浩、细江英公、奈良原一高、渡边义雄，等等。

展览的作品提交截止日过去一段时间后，公告栏上贴出了获奖人的姓名。

上面没有我的名字。

"唉，果然落选了吗。"当着朋友的面，我刻意说了那样的话。实际上，心里根本没有"果然"的想法。所以，我对说出那种话的自己感到异常厌恶。

---

1　公募展：公开征集作品的展览。

与此同时，我还产生了另一种感觉，仿佛刚才还紧紧贴在身边的"夏天"这一季节，在那个瞬间被某种强大的力量吸走，转眼就消失不见了。后来我便想起了那天参加完考试，尚未发来通知的报社。刚才还很违心的"果然"，这次应该能变成真心了。

几天后的正午时分，我来到学校，结果被研究室的老师通知说："学务科在找你。"

我不知自己因何事被传唤，慌忙走向学务科所在的建筑。一个男人坐在类似车票售票窗的柜台后面，我对他说："老师说这里有事找我……"

对方问："你就是小林君吗？你参加入职考试的公司刚才发来了考试结果。"

考试结果不是直接寄到我的住处吗？专门联系学校是怎么回事？

"然后啊。"

我感觉那人好像在卖关子，真希望他赶紧把结果说出来。

"这个结果嘛……"

"嗯。"

"结果是内定。"

"是内定？"

"没错。"

那人说完便若无其事地转向自己的办公桌，做起了别的事情。

我从楼里走了出来。

眼前的风景跟刚才一样，许多学生直接坐在水泥地上聊天玩耍，也有人躺在长椅上午睡。可是，这片风景又显得格外不同，每一个轮廓都如此清晰，更重要的是，它突然变成了一片装满许多充满温情的人的充满温情的光景。

"内定了吗？"我无声地呢喃着。

我心中一直萦绕着隐隐的不安，而那种不安突然改变了形状，仿佛要消失了。我身体的某处，仿佛正在关注着那个变化。

高中毕业后，那种感觉就一直如影随形，我甚至早已对它习以为常，不再把它当成不安了。可是，那种感觉会在某些时刻突然探出头来，让我陷入无助的境地。那种感觉不知根源何处，或许存在于每个人心中，只是没有人会把它说出来。总而言之，那种感觉就像一直凝视着被磨平的鞋底。

此时此刻，我正一点点从那种感觉中挣脱出来。具体来说，原本我要从领到毕业证书的世界走进证书没有任何意义的摄影世界。在那个世界成为工作室或摄影师的助手，梦想着某日获得成功，只能相信自身的才能和运气，过着没有终点的日子。如今，我从这种不安中挣脱出来了。


我经常跟铃木碰面。

在上野站拍摄时，我通常都比后辈晚到一些，除了结束时的集合外，基本都是单独行动，所以没有跟铃木说上话。不过学期开始后，我在学校遇到她好几次。我心里虽然很苦涩，可是一想到铃木肯定也很尴尬，心情就更沉重了。再加上奈良那件事，我真是越想越不知如何是好。

某天放学后，我像平时一样打开活动室的门，发现里面只有铃木一个人。

跟她目光相遇后，我很想转身就跑，可还是打了声招呼，硬着头皮走了进去。

那声招呼就是暑假结束后，我对她讲的第一句话："与野应该要来的。"

我咕哝着基本没什么意义的话，在铃木对面坐了下来。我跟与野约好了在这里见面，便一直希望她赶紧过来，同时又觉得长时间沉默有点尴尬，便在脑子里搜寻话题，结果铃木先开口了。

她的声音清亮明朗，瞬间便把我的焦躁化作毫无意义的东西。"前辈，我暑假快结束时第一次去了长野县，跟家里人到前辈老家旅行了。"

我好久没跟铃木正面交谈了："长野什么地方？"

"嗯，是个叫户隐的地方，那里有好多荞麦田。我们在那儿吃了荞麦面。你知道户隐吗？"

知道是知道，不过我没去过，所以没能让话题延续下去。

"那是个好地方，我还拍了照片。"

"下次让我看看吧。"

"好，你一定要看看。"

她的声音还是那么清亮明朗。

"那个，上次的电话真是对不起。"我提起了刚放暑假时那通电话。

"没什么……"铃木只说了一句，便转开了目光，"前辈，请你不要道歉。你这么一说，我反倒觉得很对不起你了。而且老实说，我并没有讨厌你，所以请你不要道歉。"

我感觉自己能像以前那样跟铃木碰面交谈了。后来我想到了奈良。他会如何跟铃木相处呢？铃木又会怎么做呢？

进入十月，我们暑假前就开始在上野站拍摄的作品，终于如期在校内办起了摄影展。办展的地方名叫"鞋箱艺廊"，以前那地方就是一排排鞋箱，后来改造成了只有几面白墙的艺廊。由于空间狭小，只够摆放二十块 B4 大小的展板，所以我们六个人只能每人展出几张作品。

铃木、奈良和我都像从未有过恋爱纠葛一样，若无其事地布置着摄影展。我感觉这样的光景实在滑稽，让人忍俊不禁。喜欢上一个人，跟一个人分手，这种事说不定真的很滑稽。心中怀有几乎要满溢的感情，却不允许它溢出半点，而是平淡地做着眼前的事情。这种行为让我觉得相当滑稽，然而每个人都不得不经历这种滑稽的场面。

布展完毕后，我会时不时跑去看一眼，好几次都碰到专心看展的学生。现场放置的小笔记本上，每天都会多出许多感想。

"看到这些照片，我想起了第一次来东京前，在家乡车站跟母亲离别的场景。真是太好了。"一天，一行女孩子的字迹写下了这句话。

我想，照片这种东西确实有触动人心、唤起回忆的力量啊。我不知道那是谁写的感想，不过这里的确留下了一个人心灵被触动的痕迹，因此我非常高兴。

看着那句话，我想起了岛尾庆子。她是否也在诹访的车站站台上，跟母亲这样道过别呢？我虽然不知她身在何处，但必定在东京。如果她看到这里展出的照片，会产生什么想法，拥有什么心情呢？

但那种事不可能发生。认真想象或幻想不可能发生的事，是我的一个坏习惯。


东京的秋天渐渐深了。

每年十一月的学园祭闭幕后，二年级的社团活动就基本结束了。社团每年都会在学园祭上搞展览，今年却没有任何活动。那或许是部长木村的责任，可对我来说并不重要。因为我强行策划的摄影展还算成功，因此已经心满意足。

比起这种东西，我更关注人妖大赛。而且，我跟后辈奈良一直都在积极准备出场。

我们商讨了好多次，最终决定走《飞女刑事》（スケバン刑事）路线。为此，我们必须借到一套水手服，还有长发的假发。于是，我们把后辈的女孩子都问了个遍。

水手服很快就借到了，是从一位女生后辈那儿硬借过来的高中制服。

"啊，男人要穿我的制服？我才不给。男人一穿肯定就撑破了，而且从来没有男人穿过我的制服，所以我才不给。"她一脸严肃地说着理所当然的现实，让我感到特别好笑。

"这也是社团活动的一环啊。"我好不容易说服了她。

我本以为假发只能去买了，没想到另一个女生后辈特别爽快地说"我有啊"，借给了我们。

学园祭当天，我和奈良在学校附近的与野住处花了两个小时化妆，好几个社团的女生都过来帮忙了。我眼看着自己的脸在镜中渐渐变了模样。

"你皮肤好差，妆容都不服帖。"

"平时习惯给自己的脸化妆，这样反而不会了。"

她们在周围叽叽喳喳，我都忍耐了下来。

化完妆，我简直认不出自己了。眼前这张脸皮肤异常白皙，涂了口红的嘴唇仿佛另类生物。然后，我们换上了水手服。上半身好不容易挤进去了，只是稍微一动就怕衣服会绽线。裙子也特别小，腰头搭扣怎么都扣不上，只能用别针别住。然后我又套上从附近便利店买的丝袜，结果当场就被指甲钩破了。

"绝对不能弄坏，不能弄脏哦，拜托前辈了。"借衣服的女孩子用认真得让人害怕的眼神看着我说。

由于化了妆还穿着水手服，我实在不好意思见人，就戴着摩托车头盔一路走到了学校。

比赛开始，我们在舞台上模仿飞女的动作蹲下来，点燃香烟扔着悠悠球，还故意掀起了短裙。

"别小看我！"奈良最后喊了一句台词。

借衣服的女孩子在台下一脸悲凉地看着我们。

走下舞台时，奈良小声说了一句："前辈，你发现没？铃木一直在后面看着我们。"

"没……"

"要是我和前辈能变成女人就好了。因为女人不会被女人甩啊。"奈良好像哭过一样，用通红的眼睛看着我。

经过学园祭执行委员会评选，我们得到了第三名。

我对这个结果不太高兴，因为一开始是冲着获胜去的，现在反倒很不甘心。第一名是漂鸟部的部长，他把腿毛全都剃掉，穿了一身频频走光的网球服。

借衣服的女孩子似乎对结果毫无兴趣，只对我说："前辈，快把衣服脱了吧。"

但我没有脱，因为我们跟老师约好，在研究室的小摄影棚里拍一组照片。

"荒木经惟的《写真时代》，筱山纪信的《激写》，还有黛安·阿勃斯（Diane Arbus）。"老师出了一头汗，一边咕哝他能想到的摄影师和作品，一边让我跟奈良抱在一起亲吻额头，在旁边举着哈苏相机按动快门。

学园祭结束后的某天，我来到了原宿车站。

我打算去岛尾庆子刚来东京时寄给我那封信的地址看看。

我展开地图，查找岛尾庆子写的番地，发现那里真的有一座女子宿舍，想到至少这并非谎言，我打从心底里松了口气。

自从寄给岛尾庆子的信被返回来后，我无数次思考过其中意义。可是，无论怎么想都想不明白。而且，我再也不想思考那件事了。

只要把一切都搞清楚就好了。于是我来到原宿车站，想看看岛尾庆子还在不在那座女子宿舍里。

穿过竹下大道，拐进小路里，很快就看见了宿舍大楼。一座宿舍竟处在如此热闹的地方，令我十分惊讶，但我还是闷头走了进去。因为一旦开始思考，我就会瞬间失去走进去的勇气。于是我什么都不想，强迫自己像机械一样行动。

进门就能看到一个带小窗的房间，上面写着"警卫室"。我心想，应该只能在这儿问了，便探头看了一眼，发现里面坐着个身穿灰色制服的老年男性正在看电视。

"那个，我想请教一下……"我把小窗拉开一条缝说了一声。

男人不耐烦地转了过来："干什么？"

"那个，我来这里找人。"

"哦，你要找人啊，等等哈。"

男人说着，拿起身边的本子，又戴上了看似老花镜的眼镜。

"叫什么名字？"

"呃……"

"住在宿舍的女生名字。你是谁？男朋友吗？"

"啊，不是，就是朋友而已。那个，她叫岛尾庆子。"我撒了个谎。

"岛尾同学啊，你等等。"

男人翻开了厚厚的本子。

要是找到岛尾庆子的名字，这人会马上用内线把她叫出来吗。不过这种事现在担心也没用。我再次对自己默念：不要思考，要像机械一样完成任务。

"岛尾同学啊，你等等。"那人又把话重复了好几遍，手上不停地翻动着本子，"那啥，这上面没那个名字啊，她真住在这儿吗？"

此时我知道了一件事，就是再怎么想她的事情也没用了。

"你是她什么朋友？"男人摘掉眼镜说。

"是家乡朋友。以前我收过一封信，地址写的就是这里，所以想来看看。"

"什么时候？我们这儿流动率很高，她说不定已经搬走了。"

"今年四月初。"

"你等等。"那人说完，走到屋里去，不一会儿又回来了。

"岛尾同学啊，你等等。"他又把刚才的话重复了一遍，翻开另外一个本子。那应该是以前的入住者名册。

"哦，有了，有了，岛尾庆子同学对吧？"

"是，上面有吗？"我感觉眼前的光景突然有了脉搏，开始跳动。

"嗯，不过五月中旬就搬走了，这是怎么回事，都没住够两个月啊。"

"不过她确实在这里住过……"

"啊，是的，住过。我们这儿都是两三个人共用一个房间，所以经常有女孩子因为跟室友合不来而搬走，虽然我不知道这孩子为啥要搬走。"

"那个，您知道她搬去哪儿了吗？"我问道。

"这里可查不到那个，只能到总部去查。而且就算留了记录，也不能随便告诉他人，这是规矩，所以我觉得你肯定问不出来。如果不是特别紧急或性命攸关的情况，绝对问不到。"那人还说，"可惜你这么远跑过来了。"

我觉得这趟没有白费，因为岛尾庆子真的在这座宿舍里住过。那么，她在这里给我写信，也是确凿无误的事实了。

她没有在信上说谎，这让我感到格外高兴。

毕

业

设

计

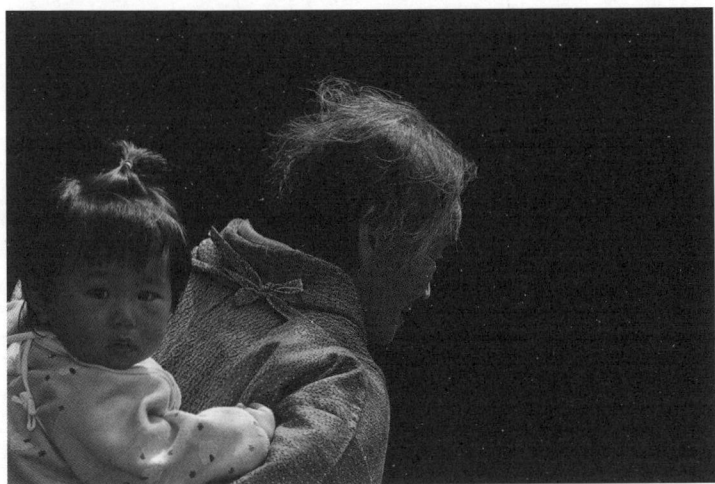

\* 我当时强烈希望拍摄老人背着婴儿的画面，谁知对面真
的走过来这么一对人物。我还是头一次经历这种巧合。

我决定再回趟谍访老家，这次是为了拍摄马上就要截止的毕业设计作品。我身边的同学都在拍摄毕设作品，作为自己学业的集大成之作。

　　我不时会看看几个朋友拍摄到一半的作品相版。有个男生在拍裸照，有个女生则拍了东北到北海道的沿途旅行记录。每次看到那些照片，我都会心生焦虑。因为我一张都没拍，甚至还没决定拍什么、用什么主题。

　　"总之先回谍访拍点东西吧。"我想，在那个生我养我的地方，应该能拍到一些东西。

　　其实我有一个特别想拍的地方，只是那地方在国外，我没钱过去。那个国家是印度，仅仅念出国名，我就感到心情雀跃。

　　我太想拍摄那些身穿原色民族服装的女性和皮肤黝黑的男性了，然而查到廉价机票价格后，我的梦就破碎了。一张机票十几万日元，对我来说堪称天价。

"本想去印度，却回了诹访啊……"我坐在新宿开往松本的普速列车上嘀咕道。

工作日白天的车厢没什么人。每次坐车回诹访，我都会选择前进方向右侧靠窗的座位。因为那样就能在到达小渊泽站前，看到窗外的八岳山。每次那道山脉映入眼帘，我都会感到身体发热，然后感叹："啊，我回来了。"

八岳山映照在午后发红的斜阳中，与暑假时截然不同，散发着临近冬季的凛冽。因为海拔最高的赤岳顶端已经覆盖上皑皑白雪。

我看了一眼另一侧窗外，那是一片延绵不绝的低矮山脊。中央阿尔卑斯就坐落在那些看似无趣的群山中，不过从这里无法看到。

我的整个高中时期，每天都会看到那片群山。然而，此时那些山却显得格外不同。因为它们都被染红了。那是红叶的颜色，整座山仿佛在熊熊燃烧，我感觉自己被这片风景打了个措手不及。

暑假我在诹访拍过照片，当时感觉"这座盆地正在发情"。可是现在，那片土地变成了截然不同的样子。

季节正在变化成什么形态，正朝着什么方向迅速奔流？我看着八岳山的白雪和对面窗外的红叶，在鲜明对比中思考着。这种感觉难以言喻。它究竟是什么？为何如此强烈地吸引着我？

我感觉体内升腾起一些东西，又感到这片土地逼近肌肤的某种磁力。我想：能否将这种感觉定格为影像呢？

用话语表述终归是妄想，不过，或许能将自己渐渐意识到的"这种感觉"，与风景的一角相连，用取景窗去捕捉。

诹访这具在夏天经历过发情的肉体，将随着冬季的到来迈向死亡。

"虽然很想去印度，不过诹访也不错啊。"下车时，我开始这样想。

这块海拔九百米的土地正处在秋冬相交的季节，几乎所有农耕都已结束，整个盆地开始为过冬做准备。

回到老家的头一个周日，我听母亲吩咐，到自家地里帮忙采摘芜菁。我们把菜拿回家，往大木桶里装满水洗净泥土。

清洗时，水管里喷出的水冰凉刺骨。母亲在我旁边，动作利索地将芜菁抹上大量盐巴，装进空瓶里腌渍起来。我们整个冬天要一直吃这些腌菜，想到这里，我不禁感觉诹访漫长的冬季，全都化作腌菜瓶，在我眼前被量化了。

我习惯在下午出门拍摄毕设作品，因为想拍到接近夕阳的斜射阳光。每天，我都会骑上小机车，到八岳山脚下的原野去拍摄。

落到西面群山山脊线边缘的斜阳映照的八岳山、村落的神社、步履蹒跚的老人还有少年，都被我收入了镜头中。我一边拍摄一边想，东京不存在这样的光。

每天，太阳都会被吸入守屋山方向，消失在需要抬头仰视的高空。

每天，我在拍摄山脚村落时，都会看见远处农田里站着一位老奶奶。我远远地拍了一张，又朝她走过去。她正在捡拾收割后剩下的稻草。我又拍了几张，继续向她靠近。

"喂——"她突然朝我大喊一声，我以为她因为拍照的事生气了。不过，她说出来的话却出乎我的意料，"现在几点啦？"

她的声音很柔和。我告诉她，现在刚过五点。

"八岳山下雪了，这种事也快干不了啦。"她又说，自己从开春到现在，每天都要下田，这下得等到来年开春才能来了。

"太阳下山，我得回去了。你也快回去吧。"她背起了一个大背篓。

我决定陪她走一段路，便骑在机车上，慢悠悠地跟在她后面。太阳沉到西边的山背后，周围一下子就被黑暗笼罩了。

跟一个刚说上几句话的老奶奶走在没人的小路上，让我感到有些害怕。因为我感觉，哪怕稍微转开目光，老奶奶就会消失得无影无踪。

当然，她并没有消失。

"你是做什么的？"老奶奶问。

"我在东京上学……"我应了一声，老奶奶却没有说话。

走到途中的岔路上，她对我大声说"再见"，然后快步离开了。我骑在机车上，一直看着她离去的背影。

就在那时，我脑中突然冒出了可以用作毕设标题的字眼。

"诹访的土"。

因为这些人、山、河、植物，全都被囊括在诹访的盆地里，尽管有些简单粗暴，但它们确实都是这里的"土"。


两周多的时间，我拍了大约五十筒胶卷，然后回到东京。此时，我必须马上把胶卷显影，制作相版，随后开始正式的冲洗工作。

我只离开东京两周，却感觉这里比以前更冷了。不过，这只是空气中一丝微小的变化而已。

邮箱里出现了岛尾庆子寄来的东西。

那不是放在信封里的信，而是一张明信片，上面印着疑似埃贡·席勒（Egon Schiele）的画。

我内心并没有什么骚动，只是拿起明信片，想知道她从什么地方寄出来的。明信片上并没有写寄信人地址。


你还好吗？

很久以前突然给你写了一封信，真是打扰了。我很好。你后来有什么变化吗？

东京的秋天很暖和，让我吃了一惊。不过这里的夏天特别热。

我正在为考试突击复习，虽然很辛苦，但我还是很努力。如果明年考不上大学，就得回谏访了，所以正在拼命学习。

我现在还是没交到朋友，不过已经决定，等上了大学再慢慢去交。

就这样，再见了。


邮戳上显示明信片发自水道桥，她还在东京。

岛尾庆子想对我说什么？老实说，我从这几行字里什么都看不出。没有寄信人地址的信，给人一种强烈的单向感，让我有点生气。

总而言之，我头一次产生了这个想法：你总是单方面给我寄信，真是太烦人了。

要是这上面写了电话号码，我一定马上就打过去了。那样一来，这种麻烦的念想、心绪和可能交错的心意，还有擅自膨胀的推测肯定都能通通被我跨过去。可是，我手上只有这么一张好似纪念品的明信片。

在学校暗房显影胶卷、冲洗照片的日子很是忙乱，但我时不时会停下来想，我的学生生活很快就要结束了。不久之前，我还从未想过这些事。可是，能够这样想，我也感到很高兴。因为高中三年间，我时刻都在惦记着早点毕业。

十二月中旬，冲洗工作终于结束。我从一千八百个镜头中，选了二十一张作为毕业设计，标题就是此前想好的"诹访的土"。

提交前，我在照片前面附了一段短文。因为我觉得，加上那段文字，欣赏照片的角度就能进一步扩大。文字内容的灵感来自那天我跟田里老奶奶的相遇。

"每年八岳山变白，我就会到这边儿来祭悼。"
老奶奶说。
"日落了，我们一块儿回去吧。"
老奶奶的脚下，看不见影子。

元旦一过，年前的忙碌就变得好像假的一般，每天到学校也无事可做。不过，我身边的同学都很忙碌。那是因为几乎所有人都没找到工作。年前就把工作定下来的人，包括我在内寥寥无几。

正确来说，他们中间大多数人还没开始找工作。学生中间明显弥漫着一种氛围——如果有可能，就尽量不找工作。

"去给别人当助手，顶多也就干三年吧……三年后该怎么办？届时我能独立吗……"一个朋友坐在长椅上，啜饮着六十日元的咖啡对我说。

从学校毕业后，到底要积累什么样的经验，才能成为"摄影师"这种人呢？我和朋友都对此一无所知，也想象不出。

在学校里，我们只拍自己想拍的东西，并将其称为"作品"，因此对用照片赚钱这件事没有任何实际感觉。我们只在脑海中有个模糊的印象，认为摄影的世界肯定跟我们此前拍的照片截然不同。

我没有自信像他们那样，怀揣将来成为独立摄影师的目标。所以，我才早早出去找工作，主动成了一个领工资的摄影师。

一月十五日成人礼前几天，我过了自己的生日，正式成了二十岁的人。这个生日过得没有任何感慨，也没有任何变化，只是漫长的十几岁人生终于结束了而已。

唯有一件事让我稍感雀跃。那就是生日的第二天，有位同班女生突然送了我生日礼物。

礼物是一本写真集，是欧洲出版的系列写真集的其中一册。里面是德国摄影师奥古斯特·桑德（August Sander）的黑白作品，很多我都没见过。

那些毫无粉饰感、坦诚而直率的老人和青年肖像写真，全都正合我口味。

"谢谢你。"我有点尴尬地道了谢，觉得还应该说点好听的话，可是什么话都想不出来。结果她略显为难地低下了头。于是我更觉得自己是个很没意思的人了。

管辖我住处的市政厅一月初就发来了《成人仪式通知》。地点在市民会馆，还写明了时间。不过底下写着成人仪式结束后，有按照初中母校集结的聚会。我一点都不想去。

诹访的成人仪式，已经在去年夏天结束了。

诹访一般都在盂兰盆节假期举办成人仪式，因为如果不在假期举行，年轻人一般都不会回来。我当时并没有出席。

成人礼那天，我在出租屋附近的马路上漫无目的地走着。

一台等红灯的出租车映入眼帘，后座车门上夹着一张颜色鲜艳的"纸"，一直耷拉到了路面上。

我还以为那是报纸里的传单，不过仔细一看，那好像是块布。只见车里坐着一个身穿振袖和服的女孩子。

原来被车门夹住的布，是振袖和服的长袖子。由于被拖着走了很长的路，那块布已经变得惨不忍睹了。

我走近出租车，敲了敲女孩子前面的车窗。

她的行动完全出乎我的意料。

她突然把身子扭向另一边，还一脸轻蔑地抬起手，朝我嘘了好几下。

红灯结束，出租车开动起来。

我没有愤怒，也没有悲伤，只感觉有个东西与自己只有咫尺之遥，却无法触碰。

"算了，她下车自然会发现……"

我说了一句与心情无关的话。

暗
房

\* 新宿站南出口。这一带现在已经成了大型百货商场。而我拍摄这张照片时，也是将眼前这些凌乱的空间和风景当成"现在"，按下快门的。

我正在东京度过第三个冬天。

缓缓走在中野坂上往学校的路上，我突然冒出了这个想法。第一个冬天是来参加入学考试的冬天，第二个冬天是一年级的冬天，而这第三个冬天结束后，我就毕业了。

来到东京之后，我第一次体验到了"向阳处"这个词的含义。因为诹访的冬天特别冷，根本不存在被阳光温暖的地方。

不过，相比晴朗的冬天，我觉得阴霾的冬天更有东京味道。太阳在厚厚的云层中洒下微光，照射着灰色的大楼、路面，还有落光了叶子、被汽车尾气熏得宛如岩石的行道树。我感觉，那才是大都会的冬日风景。身穿灰色或黑色大衣的白领职员，在那样的风景中一言不发，快步远去。

我并非格外喜欢这种风景，只是不知为何，脑子里总会浮现出在阴云下快步远去的白领们。

穿着大衣的白领们给我一种干练的印象。那一定是远离大雪和泥土，只属于都市的成熟风景。

再过几个月，我是否也会成为其中一员，像他们那样走在这座城市中呢？尽管脑子里想了又想，我还是觉得那很不真实。唯有一个预感非常鲜明，那就是这片一直看在眼中的风景，到了那个时候肯定会让我产生截然不同的感想。

每年三月末，东京和关东地区的摄影大学和专科学校，都会在有乐町某个胶片制造商的画廊举办为期一周的毕业设计摄影展。今年，展出照旧举行。

由于场地有限，无法展出所有学生的作品，因此每所学校都会挑选二十人的作品进行展出。我被选为其中之一。

尽管二月之后就没必要来学校，可为了冲洗展品，我还是天天往学校跑。我借用了研究室的暗房，认真细致地冲洗照片。展出用的相纸被称为全尺寸相纸，特别大。平时冲洗照片，可以用镊子夹取相纸，可是全尺寸实在太大，只能直接把手伸进药液中拿取。

我依次把手伸进显影液、停显液和定影液中，仅仅两天，手指就被腐蚀得不像样了。

除我以外，还有几个同班同学也在冲洗，不过几天之后，基本上其他人都完成了作业。只有我跟另一个女孩子在暗房里待了整整一周。

我的展品数量较多，足有十五张，因此花了很长时间。那位女生张数虽少，只是冲洗情况一直不理想，费了很大力气。

女生姓青山，就是上回生日第二天送我礼物的人。

在那个十五平方米多一点儿的暗房里意外地跟她独处，我不禁感到坐立不安。我知道，那是因为她送我生日礼物了。因为那个举动，我对她的印象跟之前有了很大不同。

暗房中间的大水槽把房间分隔成两个区域，水槽里时刻都有水在安静流动。那些水流经过精密仪器的严格控制，最大温度差仅有零点五度。

水槽上方摆着四个巨大的不锈钢托盘，天花板上吊着好几个安全灯，发出模糊的红光。

我用了离门口最远的放大机来冲洗作品，青山则用了水槽另一端最角落的放大机。冲洗全尺寸照片时，曝光时间较长，光的范围也较广，所以放大机距离不能太近，否则会影响冲洗。

有几次结束曝光，我拿着相纸站到水槽前，青山也正好做完相同的作业，来到我面前。

我是因为跟她单独待在一起感到焦虑，还是单纯因为房间太暗了？心里虽然这样想，我却不希望沉默继续下去，于是在脑中使劲搜索话题，想说点什么。

她抬起了浸在显影液里的手。

"你看，我手都变这样了。"她把手背转向我，只见她指甲根部的皮肤已经脱皮皲裂了，"泡在显影液里还好，只是一碰定影液就特别痛。"

她一脸为难。那张脸在安全灯映照下，显得影影绰绰。

她又把手泡进了显影液里，不断搅拌的指尖好像游泳的小鱼。

"青山，你找到工作没？"我问了一句。不过问完又想，其实应该问"你找不找工作"才对。因为我之前听她说过"不太想找工作"。

"还没。"她给了个短促的回答。

浸入药液的相纸无论处在任何阶段，都要不停摇晃搅拌。她双手拿着相纸边缘，细细摇晃着。

"那你毕业后打算怎么办？"

"怎么办呢？我应该暂时不会出去找工作，可能会先打一段时间零工吧。"

能够这样明朗地谈论毕业后的事情，我觉得她真了不起。

"小林君四月就要上班了吧？"

"对。研修从三月三十一日开始。"

"研修？好有公司的感觉啊。研修要干什么呢？"

"我也不知道。"

"莫非是递名片的方法，还有正确的接电话方法。"

"有可能，不过我也不清楚。"

"我也不知道，总之请你加油吧。"青山玩笑似的说。

随后，她突然换上一脸认真的表情。

"我有件事一直想问小林君。"她说，"很久以前，你不是交过一份学妹的人像作为课题作业吗？"

"嗯。"

"那个学妹是小林君的女朋友？"

她的问题让我十分意外。

"不是，只是普通学妹而已……"我如实回答了。

"原来是这样啊。"

"是啊。"

她在液体中摇晃的相纸上，浮现出遥远陌生的城镇和黑色的大海："我觉得自己毕业后一定不会照相了。"

"为什么？"

"我也不知道为什么，可能因为走进暗房冲洗照片时，自己一定会很伤心吧。"

我不懂她的意思。


二月末，新闻摄影部在早稻田大道中野车站附近的老居酒屋里举行了每年一次的毕业生"赶人聚会"。

居酒屋二楼设有榻榻米大包间，我已经来过好几次了。"新部员欢迎会"和"赶人聚会"一般都默认在这里举行。

包括我在内，将要被赶走的毕业生都坐在上座，已经毕业的前辈和一年级后辈则围坐两旁。

最年长的前辈举起啤酒致辞，说了好多自己刚毕业时的艰辛，以及成为自由摄影师后如何混到今天的事迹。

说完之后，"干杯！"他用奇大的音量喊了一声，所有人都一脸严肃地学了一声。

过了一会儿，轮到毕业生挨个发言，我想了想该说些什么。

很快轮到我了，于是我站起来，讲了去年夏天一直在上也车站地下站台拍照，秋天办了摄影展的事。那段犹如被热情冲昏头脑的时光，如今竟显得如此遥远。

啤酒喝完后，我们喝起了日本酒。几个上了头的前辈在包间角落吵了起来。他们好像一开始在聊摄影理论，聊着聊着就吵起来了。去年的"赶人聚会"也有人吵架，还把送给毕业生的花给扯碎了，所以今年干脆没有花。

一个四十岁上下的前辈说："出去打一架啊！"

那个洪亮的吼声让周围突然安静下来。

叫喊的前辈不知该如何行动，一脸无措地站在那里，尴尬地看着四周。

一个一年级女生两眼含泪，坐在她旁边的新部长奈良则战战兢兢地看着他们。

"那个……好好说应该能明白，大家何不心平气和地……"奈良满头大汗，抓住刚才那个叫喊的前辈，恳求似的说。

我看热闹似的看着他们，感到什么东西在急剧加速，快速远去。

最后他们都不吵了，所有人都像泄了气的皮球，安安静静地坐在那里。

聚会结束时，一年级学生按照惯例，每人对毕业生送上了一句话。

从最边上的一年级学生开始，每个人站起来，简单讲讲，又坐了回去。

不知听了几个人的话，便轮到了铃木。

"我从前辈那里学到一个道理，那就是该生气时就生气。"她那句话跟其他泛泛而谈的一年级学生明显不一样，最后她又说，"恭喜前辈毕业。"

我认为，她那句话说的应该是我。因为准备摄影展时，我忍不住吼了她一次。她说的可能就是那件事吧。

不过只有我那样想，因为有位前辈对部长木村开玩笑说："你对女孩子发脾气了？"

木村露出不自然的坏笑，回答道："前辈，我是对女孩子生过气，不过没弄哭人家哦。"

聚会结束后，前辈们先回去了。我们深深鞠躬送行，然后所有人一起离开居酒屋，朝中野站方向走去。

中野百老汇前方的商店街都拉上了卷帘门，路上几乎没有行人。我醉得有点厉害，落在众人后面摇摇晃晃地走着。

不知什么时候，铃木来到了我身边。

"刚才那句话……"铃木对我说，"我说的是前辈。"

"谢谢你。"我回答。

"我想让前辈在作品上签个名。"那句话完全出乎我的意料。此时前方的信号灯变成了红色。

"可我身上没有照片。"

她从自己的相机包里拿出一张照片。那是我以前在上野站拍的，又送给她的照片。

我站在中野站的站台上，像署名一样在相纸上写下了名字。

"前辈，再见。"铃木用开朗的声音说。

我们在站台上道了别。

我盯着脚下迈开的步子。

我越往前走，就越感觉脚下好像退潮一样，岛尾庆子的身影也随之远去了。我想阻止她远去。

现在，她在东京吗？

她在什么地方，做着什么事呢？

我现在，无论如何都想见到她。

# 日文版后记

十三四年后，我找到学生时拍摄的照片，花时间细细看了一遍。我还是头一次做这种事。

明明没有刻意丢弃，却有大约一百卷底片不翼而飞。因为这些年来搬了很多次家，想必就是那些时候一点点弄丢的。

不过，我并没有感到可惜，因为我内心的一小部分其实并不希望看到它们。我感觉，如果有人让我回到那个时候去学习摄影，我可能会拒绝。而且，我至今仍对走进摄影世界这个抉择心怀疑问。我想，正因为有这些感情，我才刻意不去看那些东西。这种奇怪的感情，一直潜藏在我意识中。

我走进暗房，把从未冲洗过的底片制成了照片。意外的是，我的感情因此发生了变化。心情就像给陈年种子浇水后，它竟发出了新芽一般。1986年春天到1988年春天，我花两年时间留下的大量底片，似乎融入了我的现在。

我当时确实感觉到了早已成为过去，与现在明显不同的时代和时间的气息。没有人能预知将来，只能驻足于当下。这虽然理所当然，却让我感到不可思议。

因车祸去世的同班女生，脖子挂着相机、一脸惴惴不安的朋友，以及早已消失在记忆中的女孩的表情，还有那些被我拍摄过无数次、早已变换风景的东京街道接二连三地苏醒过来。

许多人和事带着鲜明的气息和质感，以一种压倒性的魄力蒸腾出来。人和时代都不被允许停驻，直到此时，我仿佛才来到一个距离较远的位置，去回首自己度过的那个时代。

人的记忆确实很不精确。我的回忆和实际留在底片上的风景之间，存在着许多交错和谬误。照片能够矫正人的记忆。如果没有照片，记忆就无从纠正，也就偏离了往昔的真实。我既感觉这是一桩好事，又感觉可能全然相反。

同时，我还感到，那个过去的自己，正在经受某种重大的质问。

一个晴朗的春日，集英社的村田登志江女士对我说："要不要写点什么？"此后，她为我前后打点了许多事情，在此表示感谢。另外，也要感谢阅读此书的各位读者。

小林纪晴

2000 年秋 东京

# 中文版后记

近来，我经常到中国旅行。去年夏天，去了北京。那次旅行中，在大学教过的学生带我拜访了之前就熟悉的中国摄影师及出版社。那是我第一次去北京，感觉非常新鲜。受到了很多欢迎，对我来说是非常愉快的旅行。

今年，2019 年的夏天，我又去了上海和重庆。我第一次去上海是 1994 年，算一下竟然已经是二十五年前的事了。当时，浦东地区还只有电视塔独自耸立，周围几乎没有其他建筑。而这次，放眼望去已经是高楼大厦鳞次栉比的风景了。我对这样的景象感到吃惊的同时，也对中国的高速发展有了实感。

这让我不免想到日本，以及东京的现在。坦白说，现在的日本没有这样的势头。与此相对，现在的中国则势如破竹。

我从外滩一侧上船，在黄浦江中乘坐了几分钟小船。进入船身之后，除我之外的游客全都跑去了对面的玻璃窗一侧。原来他们是想从行驶着的船窗眺望亮灯的摩天大楼夜景。我的心为这样的景象摇曳了。我想，谁都会从这样的景象中看到未来吧。在如今的日本，还会有这种寻求崭新的风景，并从中品尝出新鲜感的场景吗。

我在上海和重庆见到了很多年轻人。他们与当下日本年轻人散发出完全不同的气质。充满活力。如果用一句话来形容，或许可以是"对未来怀抱信心"。可惜的是，日本的年轻人不论是对自己，还是对自己的国家，似乎都已经不抱什么信心了。

这本书以我度过了学生时代（1986 年至 1989 年）的东京为舞台。书中的内容，以我从长野县这个地方县"上京"，在东京的摄影学校经历的现实为基础。当时，日本正在泡沫经济中漂浮。可以说所有人都坚信会有一个光明的未来。总之非常有活力。正因如此，我很好奇这个故事，在当下，会被中国的年轻一代如何解读，他们会从中感受到什么，又将获得什么样的感想。

都市与地方的关系、时代与个人的关系、青春、恋爱……这些内容恐怕很普通。但正因如此，即使国籍、语言、文化、宗教等背景不同，也会有不少共同体验。所以，我坚信这个故事可以传达给中国的年轻人。

本书中还收录了写真集别册。这是日文版未收录，而专门为中文版编辑的。在中国的网络上冠以"夏天的记忆"这一题目介绍给大众的一些照片也包含在内。我相信，写真可以超越文字，直抵内心。

不久的将来，我还想去中国旅行。让我们在未来、在某地，再次相遇吧。

小林纪晴

2019 年夏末

**图书在版编目(CIP)数据**

写真学生 / (日) 小林纪晴著；吕灵芝译. —— 桂林:
广西师范大学出版社, 2019.11
ISBN 978-7-5598-2308-3

Ⅰ. ①写… Ⅱ. ①小… ②吕… Ⅲ. ①自传体小说 -
日本 - 现代 Ⅳ. ①I313.45

中国版本图书馆CIP数据核字(2019)第236868号

广西师范大学出版社出版发行

广西桂林市五里店路9号　邮政编码：541004

网址：www.bbtpress.com

出　版　人：张艺兵

责任编辑：马步匀

特约策划：刘元博

特约编辑：胡　昊　余梦娇

装帧设计：山川@山川制本workshop

内文制作：李丹华

全国新华书店经销

发行热线：010-64284815

山东鸿君杰文化发展有限公司　印刷

开本：787mm×1092mm　1/32

印张：6.25　字数：85千字　图片：36幅

2019年11月第1版　2019年11月第1次印刷

定价：68.00元

如发现印装质量问题，影响阅读，请与出版社发行部门联系调换。

諏訪の記憶 | suwa no kioku

The photographs in this booklet were selected from the books *SUWA* and *KEMONOMICHI*.

# 诹访的
# 记忆

《写真学生》中文版纪念别册　　　*SHASHIN GAKUSEI* Chinese Edition Special Booklet ｜ Not for sale.